審判人性的悲喜劇

德吉洛
魔法商店

山梗菜 著

【各界名家推薦】

金幣變換指甲油、債務轉移望遠鏡、言聽計從蠟燭……這些令人心動的魔法商品，你想試試哪一個呢？

《德吉洛魔法商店》收錄了一則則窺探人性與陰暗面的故事，並以其簡潔有力的節奏，刻劃出你我並不陌生的人生百態，而這些故事彷彿生命縮圖，帶讀者直擊人類無窮欲望的背後可能隱藏的赤裸惡意。

在魔法商店中，琳瑯滿目的魔法商品一字排開，各式各樣的用途與設計巧思相當耐人尋味，一旦領教過心願實現所帶來的甜美滋味，道德枷鎖已被鬆綁的你究竟還會如何使用這股無所不能的力量呢？

你有什麼煩惱嗎？心裡有什麼願望渴望實現嗎？歡迎來到德吉洛魔法商店，只要不計後續可能得付出的代價，任何你想得到的願望，基本上都能為你實現。

——燈貓（懸疑小說家，近作《午夜琴房的魅影》）

《德吉洛魔法商店》又回來啦！

這裡販賣超乎想像的魔法商品，除了讓你氣勢萬鈞的西裝、恣意命令別人的蠟燭外，還有其他許多奇妙的東西，堪稱成人版的哆啦A夢道具專賣店！

不是說有色色的劇情（蠟燭＋超帥西裝X成人＝?!），而是人們的貪婪與得意忘形，讓客戶一個個都落得比野比大雄更悽慘的下場。

真想親身蒞臨德吉洛魔法商店呢！我當然是為了研究用途，嗯……還有一點私心是想要親眼見到那個藍色頭髮的神祕美少女「白雨芯」，雖然身為大反派，她不著痕跡地控制人類，堪稱是惡魔的存在，我……

我真想被她控制！

不過，要怎麼樣才能找到德吉洛魔法商店呀？

聽說書裡面都有寫?!那事不宜遲，我必須趕快去書裡面找線索啦！

——王晨宇（奇幻小說家，近作《我不是怪物》）

山梗菜的作品《德吉洛魔法商店》三番兩次讓我掉入兒時的回憶當中。

並不是因為我親身體驗過那些魔法，而是因為幼時我也曾在錄影帶出租店蓬勃的年代裡，有幸看過日劇《世界奇妙物語》，意在闡述「潛藏在日常中的恐怖」，是一部極為有趣的作品，劇中人往往在對日常的不滿當中，又擁有相應的希冀，但那個心願不完整地被實現時，又被世界單純的惡意所吞噬。

類似的主題還有漫畫《哆啦A夢》、《恐怖寵物店》等，不一而足，都是因為在現實生活當中找不到煩惱的出口，從而尋找一個超自然解方的故事。

儘管調性不同，分別帶出的是恐怖、夢想，它們都是將「超現實的不圓滿」成功闡述的作品。

山梗菜以獨樹一格的觀察力，平等地為「被拯救者」、「貪婪者」、「救濟者」帶來專屬於他們的報償，作為觀察者的惡魔好似邪惡已極，卻又難以判斷她是否挾帶了符合人類認知的所謂善惡，每一起事件當中的可惡人、可愛人，都像是曾經與你我擦肩而過的路人甲乙丙丁，實實在在、飽滿具體。

是否「德吉洛魔法商店」就在你我的周近？

倘若雨芯對你也發了傳單，您可就要小心了。

——九方思想貓（小說作家，近作《網路上的魚與貓》）

為所欲為的魔法讓絕望的人從自我放棄逐漸走向摧毀世界，然而終究又要跌落一手創造的深淵，承受比絕望還難以脫離的痛苦，至此體認到能力只是放大了自己栽種的惡果。蜷伏在德吉洛魔法商店中，那宛如惡魔的漂亮女孩，能輕鬆地將人的血肉像螞蟻一般壓扁，卻選擇以人為載體由其自我毀滅。所謂的魔法，或許只是深藏在你我內心深處的邪惡欲望。

——維克（小說家，近作《拼字遊戲》）

推薦序　人性觀察師筆下的《德吉洛魔法商店》系列

文／牧童（推理小說作家，近作《翠鳥山莊神祕事件》）

在萬戶敲碗聲中，《德吉洛魔法商店》系列終於推出最新續集。

白雨芯這回又將對客人推銷哪些目眩神迷的魔法商品，實在令書迷重度期盼。

將鉅額債務神鬼不知地轉嫁給別人的望遠鏡、任何偶像演唱會都能免排隊又免費享受搖滾區貴賓座的門票、只要穿上到死都能成為萬人迷的西裝、叫仇人吃大便仇人就一定吃的蠟燭、想要的東西只要觸碰五秒就可以拿到的捕蟲網……光看功能就使人眼睛一亮！而且這些商品非常平價，有需要的客人都買得起。

只要翻開本書，只要看到客人試用，想必任何人都會超想購入。

此外，本書中還有會抽走靈魂的提燈、髮絲變成蛇群的髮箍、把靈魂當成貨幣交易的書店……山梗菜老師各種腦洞大開的強力創意，令人讚嘆不已。

但是，究竟什麼樣的客人會有購買這類商品的需要？

「……做這種事你都不會有罪惡感嗎？」

「有也沒辦法，我也是沒辦法才這麼做啊。」

除了輕小說式的動漫風格外，融入懸疑、社會議題及善惡衝突等元素，是這個系列作品受人矚目的特色。從序章開始就讓讀者有「即將發生什麼事」的懸疑感，每個商品售出後，使用結果究竟如何，更是引人入勝。全書表面上寫奇幻魔法，骨子裡筆力放在「人心」：貪婪、賭性、享受特權、自大狂妄、一步登天、怨天尤人……而且只要是心有怨念與貪念，就會產生「需要」。

從經濟學的角度來看，人類只要有需要就會有供給，因為有供給就有利可圖，這也是德吉洛魔法商店設立的背景吧。

可疑的是，滿足這類暗黑需要，真的只需付出如此平價的金錢即可嗎？從魔法店長「邊吃著裝在盤上的美味蜜瓜火腿，邊優雅地看著眼前的〇〇秀」可知，魔法商店所圖之「利」，超乎三觀想像。

怨念與貪念的可怕在於，魔鬼總是利用它們給你難以想像的能力，最終結果卻也是難以想像。畢竟懷璧其罪，罪在人性，若將欲望無限上綱，使自己身陷災禍的不是魔鬼，而是自己的心。

另外，販售魔法商品的是個甜美可人且讓人心防自卸的美少女、穿上特製西裝就給人專業形象贏得信任的業務員、成績名列前茅就認為自己當然應該是成功人士的學霸……類此反諷設定，在山梗菜老師的妙筆之下，化為餘韻繚繞的寓言式哲理，值得再三回味。

所以，德吉洛商店賣出售的，到底是超自然能力的魔法，還是人性的試練？相信閱讀本書後，你會跟我一樣玩味深省。

最後善意提醒：下次逛街時，若遇到染著一頭淺藍色長髮、長相非常可愛，笑起來讓人心跳不已的正妹靠近時，請記得加速離開，不要回應她的任何搭訕。

讓我們透過山梗菜老師的系列作品，觀察她就好。

目次

序章　金幣變換指甲油

有個在不景氣時代遭到裁員，身上還得負擔房貸與家庭開銷，被經濟壓力壓得喘不過氣的中年婦人，每天都在尋找可以賺更多外快的方法。

有一天購物途中，她在路上見到了一間奇妙的商店。

商店的招牌用紫底白字寫著「德吉洛魔法商店」七個字，外觀看起來就跟普通的日常雜貨店沒有兩樣。覺得好奇的婦人，決定推開店門進去參觀。

這間店裡面有一個留著一頭淺藍長髮，長相非常可愛，可愛到讓婦人希望是自己女兒的少女店員出來迎接她，她的名牌上寫著「白雨芯」。

店員雨芯很有耐心地聆聽她生活上的經濟煩惱，接著向婦人推薦了店裡面的一款魔法商品。

這款商品名叫「金幣變換指甲油」。

名字乍聽之下好像可疑的地下電台會推銷的某種開運商品，但雨芯笑著否認。

她告訴婦人，只要把這種指甲油塗在指甲上，接著用塗了指甲油的手去觸摸其他物品的話，那件物品就會在摸到的瞬間轉換成與其價值相當的金幣。

婦人自然半信半疑。但指甲油的價格就跟市售的指甲油差不多，再加上婦人還滿喜歡這瓶紅色指甲油的色澤，於是最後還是買下來了。

雨芯建議婦人，使用時只要在一隻手的手指上塗上指甲油就好。如此一來就可以保留一隻手做事，不會因為指甲油的效果而不小心把需要用的東西轉換成金幣。

婦人也擔心會不會不小心傷害到人，但雨芯保證這件魔法商品只會對無機物產生效果，絕對不會發生不小心把人類變成金幣的意外。另外，塗一次指甲油的效果能維持半小時。

超級缺錢的婦人，回家替左手指甲塗好指甲油後便馬上開始試驗。

她把事先從家裡整理出來的各種雜物、二手包包排列在地板上，然後一件一件觸摸。被摸到的物品真的發出不可思議的光，然後地板上就躺著一、兩枚金幣。

婦人又驚又喜，她連忙拿出更多不需要的東西，並把它們一一變成金幣。

她把金幣收集起來，帶到金飾店賣掉。這些金幣上沒有刻任何國家的文字或紋章，就只是刻著星星圖案的普通金幣，看起來絕對不是什麼贓物。

馬上得到十幾萬元的婦人，高興地拿著鈔票去繳房貸還有購物。

同樣的轉換過程試了幾次後，她得到一筆暫時讓她不用煩惱的額外收入。這件商品的效果比把這些東西拿到二手精品店賣的錢還好，這瓶指甲油買對了。

買下指甲油後的第四天，婦人這天也塗好指甲油，接著準備出門。

當她很習慣地想用塗了指甲油的右手開門時，她突然想起這件事，連忙把手收回來。好險，如果她用右手開門的話，那麼她家大門就要變成金幣了。

正當她用左手帶上門要出去的時候，她不小心踢到門檻，接著在門口跌倒。

她的右手不小心摸到樓梯間的地板，於此同時，她住的這一棟公寓大廈也開始發光，沒想到整棟大廈都被指甲油的魔力轉換成金幣了。

「呀啊啊啊！」

因為大廈建築本身消失了，婦人直接從七層樓的高度墜落，其他在大廈裡的住戶也尖叫著從半空中墜落，重摔在空無一物的水泥地上。

無數閃耀的金幣像雨一般灑落在地面，白雨芯一臉陶醉地看著眼前美麗的景象。

「這位太太，您真是不幸……但是您的不幸，卻可以讓我看到這麼美麗的場景！」

雨芯望著那位婦人與其他倒霉的住戶倒在血泊中的模樣，然後對著她微笑。

「人類們的苦惱、歡愉、錯愕、絕望，總是充滿樂趣，而且非常美麗……嘿嘿，哈哈哈……」

白雨芯並不是人類，而是站在高位，以觀賞人類們各種面貌與行動為樂的存在。

她無視對人類來說極其貴重的金幣，看著現場的人類驚慌地逃跑、尖叫或是偷偷撿拾金幣的模樣。

「好開心啊，這種盛大的場面看幾次都看不膩！」

她正是德吉洛魔法商店的主人，為了觀賞人類墮落還有失控的模樣而開設的。

這間魔法商店，現在也在這世界上的某個角落營業著。

第一章　債務轉移望遠鏡

這個世界上誰都想要錢，但是馮兆鑫覺得自己比世界上任何人都還需要更多的錢。因為他的家裡有一個已經七年沒有出去工作的尼特族哥哥。

馮兆鑫今年三十一歲，他的哥哥馮兆賢已經四十歲，家裡的父母都已經在五年前都病逝了。現在兆鑫人在一間網頁設計公司裡面工作。每天平均工作九小時，薪水是勉強能讓兩個人生活的程度。

兆鑫除了正職工作，還得兼職接案寫程式糊口；反觀兆賢完全沒有工作，每天就只是玩手遊、看YouTube影片打發時間，有的時候兆賢幾乎一整天都沒有走出房間，三餐都要兆鑫幫他送到門口才行。

爸媽還活著的時候，因為他們已經退休，還有好幾種慢性病，醫藥費就花掉不少；在兩老都病逝後，兩兄弟就靠父母的遺產還有勞退金過活。

但只要哥哥自己不去找工作，未來的日子就只有坐吃山空一條路。

只要有這個沒半點工作意願的拖油瓶哥哥在，兆鑫覺得幸福的日子永遠都不會來臨。

別說結婚了，就連吃些稍微高級點的料理這種小確幸都有困難。

不去工作就算了，兆賢是個讓兆鑫覺得比過街老鼠還讓人厭惡的人渣。在兆賢二十幾歲的時候，他因為參加線上簽賭結果欠下了二十萬元賭債，要不是當時老爸先替他還債還痛扁他一頓，接下來絕對會造成更嚴重的後果。

但人本性難移，兆賢不只繼續揮霍財產買各種想要的東西，而且還會對家人動粗。

他永遠忘不了某天下課回來，結果看到要不到錢的哥哥竟然直接朝媽媽肚子揍一拳的景象。媽媽痛得跪在地上大哭的聲音，還有兆賢在客廳裡瘋狂的咆哮，這些記憶全都鮮明得像是一個小時前才發生過。

他早就不當那個人是自己的親人了，只當是個剛好和自己有相同父母的人渣。

回到家，兆賢就從房間裡面走出來，對自己說：「我那邊錢不夠用了，所以就用了你的信用卡。」

「你說什麼？」兆鑫不禁提高音量：「你憑什麼用我的卡？」

「借用一下又不會死！而且我也才用了幾萬元而已！」

兆鑫的臉色瞬間鐵青。

「你是說我工作存的那幾萬……全部都用掉了嗎？」

「沒有全部，就用了六萬多而已！」兆賢回應得理所當然。

「等一下，你怎麼可以偷刷我的信用卡？那是我的存款啊！我辛苦工作好不容易存下來的，你居然給我拿去買你自己的玩具還有課金！」

「我才課了三萬元而已，又沒有很多！」年過四十的哥哥振振有詞地反駁：

「而且我還需要錢丟ＳＣ給喜歡的直播主，當然要多一點錢！我丟ＳＣ也才花了兩萬多吧！」

兆鑫覺得自己快氣瘋了。自己辛辛苦苦存了好幾個月的錢，完全不事生產的哥哥竟然把那兩萬多塊全部都送給不認識的直播主！

「去你媽的！把我的錢還來！你怎麼能這樣浪費我的錢！」

「弟弟養哥哥是天經地義啦！給哥哥一點零用錢也是正常的！」

兆鑫氣到說不出話，他衝上去賞了哥哥一拳。

「你敢打我！」

兆賢惱羞成怒，馬上出拳反擊。碰——！兆鑫被兆賢打倒在地，然後兆賢趁自己還沒爬起來之前竟然還再補一腳。

「你這什麼目中無人的態度？跟哥哥講話就這種態度是不是？」

兆鑫被哥哥踢中肚子，忍著痛從地上站起來。

「你花的都是我的錢，你自己是有貢獻什麼？」

「所以說才花點幾萬塊又不會死！」

「吃喝玩樂都用我的錢的米蟲，態度是在囂張什麼！」

「你——」

哥哥正要回嗆，門口卻傳來一陣急促的按鈴聲，叮咚叮咚的聲音持續二十幾秒，好像在催促服務生過來那樣讓人煩躁。

門一開，外面有三位沒看過的黑衣男，他們推開前來應門的兆鑫，走了進來，粗聲問道：

「馮兆賢是不是住這？」

「請問你是誰？」

「我問你馮兆賢是不是住這啦！」

對方口氣很兇，兆鑫只好乖乖回答：「對，他我哥……」

「叫他出來！」

被叫到名字的兆賢從房間走出來，一臉茫然：「你誰啊？」

「上個月你跟我們借了十萬元，還記得吧？」

黑衣男拿出一份有兆賢親筆簽名的文件，大聲問。

「對啊，所以你要怎樣？」

「這個月開始，你要還的錢連本帶利是十四萬，我們先來提醒你，不還錢的話，我們會每天來催，懂不懂！」

「十四萬！」兆鑫完全不懂地大叫：「為什麼要還十四萬？」

「我們公司的利息就這樣啦。記得要還，不然再來會發生什麼事情，我就不敢保證啦！」

黑衣男說完，帶著同伴離開，留下啞口無言的兆鑫。

「你為什麼去地下錢莊借錢！」

「什麼地下錢莊？我只是找了專門借錢應急的借貸業者而已，誰知道這種事！是他沒說清楚！」兆賢馬上推卸責任。

「那就是地下錢莊！高利貸！為什麼你笨到連這種事都不知道！」

兆鑫差點氣到把桌上的啤酒瓶砸到哥哥頭上。十四萬元，這個數目要是沒一次還完的話，接下來還會有更多利息，而且這個沒責任感的哥哥百分之百會把還債的工作全推給自己，他現在不只想飆髒話，甚至還想打人。

「這些錢你自己還！」

「為什麼要我還？我借錢是為了幫你繳信用卡帳單，我幫你分擔壓力了喔！」

說完，兆賢又躲回自己的房間裡，不管兆鑫在外面怎麼敲門、怒罵都完全無視。

兆鑫氣得離開家裡，下樓前還重重摔門表達抗議。

「我怎麼會有這種哥哥……」

兆鑫漫無目的地在街上亂晃。

家裡大半的債務都是哥哥欠下的，而且本人沒有半點還錢的意思。如果下次地下錢莊的人再來的話，他考慮直接把兆賢交出去，接下來他被虐待還是被帶到深山裡軟禁都無所謂。

現在的自己早就跟哥哥沒有任何親情可言。從小時候開始就是這樣，他總是在自己面前裝出一副偉大的大哥模樣，但出事的時候都把責任推給自己，半點想負責的意思都沒有。對他來說，自己只是幫他擦屁股善後一切的僕人，現在也是，他死了對自己還比較輕鬆。

當兆鑫腦中思考如何擺脫這個哥哥時，有個在路上發面紙的女性店員出現在面前。

「特價優惠！現在拿面紙附贈的優惠券，即可享有購物七折優惠喲！」

兆鑫從店員手中接過面紙，同時嚇了一跳。

眼前的店員是個超可愛的美少女。雖然長髮染成奇怪的淺藍色，但臉蛋的可愛程度絕對是數一數二，她甚至可愛到讓兆鑫忘掉人渣哥哥的事，想要過去跟她搭訕。

「買什麼東西都有七折優惠嗎？」

「沒錯！不管是日常生活用品、食品、工具類商品，全部都七折優惠！這位一臉愁容的客人，不知道您需要什麼呢？」

「需要什麼……」兆鑫不禁發出無奈的笑聲自嘲：「我大概需要能把一個負債累累的人打

醒的球棒吧！」

「您有負債的家人嗎？」

「沒事，我開玩笑的，那我想一下需要什麼吧？」

「我們店裡有好幾種可以解決負債問題的商品喔。」

少女店員用認真的聲音回答。

「不過在路上有點難用三言兩語說明，請直接到我們店裡來吧！」

雖然不明白意思，但兆鑫沒多想，跟著店員一起來到招牌上用紫底白字寫著「德吉洛魔法商店」的商店裡。

眼前的商店比自己想像得還要漂亮，而且貨架上陳列的商品也相當有獨特風格。

他附近的文具區貨架上陳列著十幾種有如魔法書般華麗的金箔裝飾筆記本，旁邊放著復古風的羽毛筆與筆袋、印著文藝復興繪畫風格的五彩花草信封信紙、背面印著藍底黃色星空的撲克牌，還有擁有寶石般閃亮外殼的鋼筆和墨水瓶。在高級品般的商品下面卻貼著意外便宜的價格，兆鑫看著看著都有點想要。

「妳要怎麼解決負債的問題呢？」

「請試試魔法商店的商品吧！」胸前名牌寫著「白雨芯」的店員面帶超親切微笑回答：「我們販售的商品可以解決一般人類無法化解的困境，就算是負債問題，也一樣萬事ＯＫ！」

要不是看對方是可愛的女孩子，而且這裡的商品剛好也符合兆鑫的品味，他聽到這種話肯定馬上轉身離開。

「是喔……該不會很貴吧？」

「如果只要一千五百元的話，您要不要考慮呢？」

她轉身走進後方倉庫裡，接著拿著一組銅黃色的雙筒望遠鏡回來。

「這是什麼？」

「這是『債務轉移望遠鏡』。」雨芯認真地介紹：「使用方法非常簡單。只要用這組望遠鏡看著其他人，接著說出自己要轉移哪一筆債務的要求，如此一來您身上的債務就能轉移到對方身上了。」

「怎麼可能。」

「這就是魔法的力量！從您的反應看來，這個債務問題已經困擾您很久了，如果只花一千五百元就能解決問題，那麼為什麼不試試呢？」

「可是照妳說的，不就變成其他人要幫我們家還債了嗎？」

「沒錯，可是您自己可以決定誰來替您還債喔。」雨芯耐心回答：「這是我個人的猜想，您一直以來都在替他人償還那些不屬於自己、無邊無際的債務，因此才會看起來那麼無奈又憔悴；那麼，把這些債務再次轉移回到那個人身上，我想這應該也是您的願望。」

「嗯……」兆鑫點頭，大部分的事情都被她說中了。

「那就對了！為了讓您自己找回原本幸福的生活，有時還是需要一些非常手段才行！您平時一定很努力，幾乎沒有為自己享樂過，那麼偶爾讓自己放鬆一下也是應該的！而且有本店的七折優惠，您只要一千零五十元就可以買下這組望遠鏡！」

兆鑫還是很猶豫。一方面現在要馬上解決眼前的問題，大概只能用魔法般的力量才行；但另一方面，他還是不太相信魔法商品這種事。

他的想法當然被雨芯看穿了。

「要不要試用一次看看呢？」

「這什麼意思？」

「您身上應該多少也有一些債務吧，只要現在抓著這副望遠鏡到外面的路上看著路人，心中實際想一次轉移債務的念頭或是小聲說出口，您就不需要還這筆債務了。不管是學貸、卡債、房貸、還沒繳的費用或跟朋友借的錢都可以喔。」

兆鑫照著她的話來到魔法商店門外，街上正好有一隻附近店家養的黑色土狗趴在地上休息，他用望遠鏡看著土狗的鼻子，小聲唸著：「把我這個月的信用卡帳單都轉移過去。」

什麼事都沒發生。這時，那個飼主老闆突然跑出來，抓著棒子開始生氣地打那隻土狗，好像牠躺在地上睡覺的期間幹了什麼壞事似的。

「您的債務現在已經轉移到那隻狗身上了。」

雨芯出現在兆鑫身旁說明：「您只要現在用手機查一下自己的紀錄，就可以確認了。」

兆鑫查了一下自己的帳單紀錄，這個月的信用卡繳費通知真的消失了。要不是繳費通知突然神奇地不見了，兆鑫絕對不會相信債務轉移這種事。

「光是剛才試用一次，就可以讓您的債務蒸發掉幾千塊錢，只要花一千多塊買下它，您就賺到了呢！而且買回去以後我們不會再收別的尾款，真的不要嗎？」雨芯用小狗般的撒嬌聲音問。

也是，反正能消除債務的東西買了也有益無害，那就試試看吧。

「謝謝妳，我買了。」

※

少年桑映恆看著手機螢幕上的新聞，全身不禁因為憤怒顫抖。

這幾天的新聞都在報導某棟大樓離奇崩塌的意外。因為大樓不是像遭受地震之類的原因崩塌，而是大廈本身憑空消失了。

近十名住戶從半空中摔落，當場死亡，而且現場沒有看到任何瓦礫堆，反而有一堆像金幣的東西散落一地。

毫無疑問，這是魔法商店的傑作。不過社會上把這種事當成某種超自然現象，各種社論節目都在從各種角度討論為什麼會發生這種事。

就算自己努力想要消滅魔法商店，但在不知不覺間，這世界的某個角落還是有人因為魔法商店而死掉。

映恆感到憤怒與焦急。

他的母親也是魔法商店的客人，同樣也因為魔法商店的商品而送命。

兩人在這段時間也拜訪許多還活著的魔法商店客人，並集結這些受害者們的力量，準備向魔法商店反擊。

「這次來不及了。」

坐在映恆對面的少女江直純，嗓音聽來頗為無奈。

兩人都是德吉洛魔法商店的受害者。為了不讓更多受害者再出現，他們這幾個月來一直都一塊行動，而且也成功阻止了十幾個差點走上死亡之路的客人。

但沒有被兩人拯救到的客人，還是遠多於被拯救的人數。新聞上仍不時會報導某人離奇死亡的消息，每次看到這種新聞，映恆都不禁感到憤怒與無力，然後他的內心會忍不住後悔自己為什麼沒有再早一點阻止意外發生。

「你還好嗎？」

看到映恆一臉懊悔不已的表情，直純溫柔地關心。

「……嗯，我沒事。」

映恆把網頁關掉，用笑容告訴直純自己很好。

「我只是有點後悔而已。」

「我們只要做我們能做的事就好了。再說，我們也遇到很多就算勸了也完全不為所動的客人，你以前不是也說過很多客人都屢勸不聽嗎？換個角度說，就是再怎麼樣都會有我們無法改變的事。」

「妳最近的態度也變了呢。以前的妳就會說希望可以跟對方澈底用溝通的方式讓對方回心轉意，但妳現在也知道很多事情根本改變不了。」

「你說得沒錯。」直純像是放棄掙扎般輕嘆一口氣：

「我以為自己可以做到的事很多，可是有許多問題……其實我什麼辦法都做不到。」

直純體會到自己的力量其實很弱小。

就像上次使用《死因解答之書》的那個年輕人一樣，直純最後依然什麼事都不能替他做，最後他究竟怎麼了也不知道。

世界上有太多讓人無可奈何的不幸存在，還有許多讓人無法面對的惡意。

「可是……認清自己有做不到的事，不代表我什麼事都只能放棄。」

「這樣子想就已經夠了。」

映恆用肯定的聲音回答。

「把剛才的事忘掉吧，那是我自己脾氣不成熟才會為這種事生氣。」

直純也覺得這個話題到此為止就好。

「我的計畫不是有三個部分嗎？首先找到那間店的所在地，接著找到可以潛入店裡的手段，最後是準備可以打敗白雨芯的手段，最好是那種可以一擊必殺的。」

兩人目前手上勉強能稱為武器的，就只有在康特拉迪羅書店裡面買到的那本惡魔名冊。只要能從名冊裡的十萬個名字中找到白雨芯的真名，兩人就能打倒她，但如何找到那個名字才是重點。

書店店員沒有欺騙他們，那本名冊裡面的確有白雨芯的真名，然而成功機率只有十萬分之一，所以店員才敢這麼放心地把這本書賣給他們。

鎖定位置的方法，靠著兩人先前拿到手的尋找敵人的向日葵或許還找得到；不過潛入店裡的方法目前依然沒有半個，一擊必殺的方法也沒有。

找到商店位置的方法有幾百種，這個先不談，重點是怎麼給白雨芯致命一擊。

映恆認為用她自己製作的道具來對付她的成功機率很低。她對自己所賣出的商品相當熟悉，絕對會在這方面做好萬全準備，這時用來自其他地方的武器或手段比較好。

譬如說，另一間魔法商店。

映恆這段時間也在思考跟魔法書店交易的可行性。

雖然魔法書店開出的價格比德吉洛魔法商店還要高，但用魔法書店的魔法至少還比較有勝算。

用錢能購買的書也有限度，接下來勢必要繼續考慮其他交易籌碼。

在映恆思考時，直純的手機接到訊息。

「找到奇怪的事件了。」

※

這次事件與其說奇怪，倒不如說不可思議。

事件的起因是這棟公寓裡面某一個養貓的老太太，在昨天突然開始生氣地打自己養的三色貓。附近的鄰居看到了連忙阻止，同時問她施暴原因，這時老太太竟然回答「這隻貓背著她在外面參加簽賭，結果欠下大筆賭債」這種荒唐的理由。

鄰居當然不信，結果竟然有討債集團的成員跑來老太太家裡找這隻三色貓，而且還對可憐的貓咪拳打腳踢要牠還錢，手無寸鐵的可憐貓咪就這樣被討債集團的人打死了。

「到底是怎麼回事？」

直純剛才向住在這附近的住戶確認這件事是真的。而且老太太沒有精神疾病，討債集團也不可能突然集體罹患妄想症。

「我感覺得到微弱的商品氣息。他們的記憶會變成這樣子，跟商店脫離不了關係。」

「你是說他們的記憶被人竄改嗎？」

「對。看這個樣子，我猜應該是跟什麼人欠債有關。譬如是這個客人欠債，他用商品的力量把討債集團的記憶改成是那隻貓欠債，所以才會發生這種事情。」

「我懂了！那我們接下來就要去找這附近曾經欠下賭債的人了！」

要找到符合條件的人也不是難事，只要用魔法商店的向日葵就可以了。

這盆向日葵擁有尋找敵人的能力，只要說出搜尋條件就能在這附近找到相符合的人。

在直純說出自己想找的人後，向日葵的花朵立刻開始朝四周轉圈，一分鐘後，向日葵明確地面向另一條街道。

「那個客人既然欠下賭債還讓討債集團找上門，那就不會很難找。」

就像映恆說的那樣，直純在那條街上問了幾個鄰居之後，馬上就問到那個欠債人的住處。

這戶人家是一對兄弟，父母在好幾年前就病逝了。目前只有弟弟在外面工作，哥哥整天遊手好閒、吃喝玩樂，因此欠下各種債務，而那些欠債幾乎都是弟弟在幫忙還。

顯然，那個哥哥就是這次使用商品的客人。

映恆決定直接前往那對兄弟的住處，當面問個明白。

兩人來到鄰居說的那棟公寓門口，一樓鐵門上被人用黑漆寫上「馮兆賢欠錢不還」的文字。

「見到那個叫馮兆賢的人，還是不可以大意。」

映恆按下三樓住戶的電鈴，沒有人應門。他拉了一下鐵門門把，沒想到門沒鎖。

已經戴好梅杜莎髮箍的直純小心翼翼地了走進去，客廳裡面一片混亂，好像有人在客廳火拚過。

有名男子倒在客廳裡昏迷不醒。

「你還好嗎？沒事吧！」

直純連忙用不會引起鄰居注意的音量呼喚對方。男子的額頭流出的鮮血已經乾掉，結成一塊咖啡色，顯然已經躺在這裡一段時間。

「這個人就是馮兆賢嗎？」直純自言自語，同時也在想該怎麼辦。

「不是這個人。」

「咦，你看過馮兆賢的臉嗎？」

「在我們到這裡來之前，那些人以為那隻貓才是他們的債主，這就表示那個人已經使用過商品，要是他還被人打傷躺在自家也太說不過去。」

「嗯，說得沒錯……」直純點頭同意：「那先幫他叫救護車，把他送到醫院……」

外面的樓梯間突然傳來匆促的跑步聲。有四、五個疑似是討債集團成員的男子打開門衝進來，然後把兩人包圍住。

「你們是誰？」映恆問。

「我才要問你們誰咧！馮兆鑫家裡的人嗎？」男子粗魯地大吼著：

「他欠錢沒還，所以我們今天來找他要錢啦！」

「欠錢的人不是馮兆賢嗎？」

「妳鬼扯什麼？欠錢的是馮兆鑫，我們今天就是來找他的！」

男子伸出手想直接拉住直純的手臂，但直純銳利的雙眼直接跟男子對上視線，接著放出充滿殺傷力的紅色光芒。

那個可憐的嘍嘍完全沒想到這種情況，他瞬間變成一尊維持著伸長手臂姿勢的石像。其他討債同夥全都以為自己見鬼了，嚇得飆罵幾句後奪門而出。

「我們趕快叫119吧！」直純確認討債集團都逃跑後便連忙催促。

等救護車把昏迷不醒的馮兆鑫送到醫院，直純才把石像變回人類，讓他也嚇得屁滾尿流地逃跑。

「那些討債集團的人，他們的記憶也被篡改了。」映恆推論：「不過他們身上沒有商品的氣息，反而是剛才那個人身上的氣息比較重一點。可能是使用者對這個人做了什麼。」

「等我們找到馮兆賢本人問清楚就好了！」

※

馮兆賢現在正大搖大擺地走在街上，他手上的望遠鏡是從弟弟那邊搶來的，說是什麼可以把債務轉移到別人身上的道具。

他本來不相信，還用這組望遠鏡看著弟弟並隨口說：「把我在地下錢莊那邊欠的債轉移過去」，討債集團的人果不其然把攻擊目標轉移到弟弟身上。幸好自己剛好無聊隨便試了一下，才發現望遠鏡真的有把債務轉到別人身上的力量。

弟弟說地下錢莊加上利息的債務有幾十萬，現在他都不用還了，爽！

兆賢身上除了地下錢莊的債務，還有跟銀行借錢欠下的款項，以及跟好幾個親戚借錢後所欠下的。只要像他第一次用望遠鏡那樣，把債務轉給弟弟和路過的貓，接下來就可以無限地把這些債務轉給其他路人甲乙丙丁。一想到自己有能力讓越來越多人品嚐痛苦的滋味，兆賢就不禁興奮了起來。

兆賢用望遠鏡尋找下一個目標。

路上有各式各樣的路人。兆賢看到遠處有一對假日出來玩的母女，不管是媽媽還是她身旁那只有五、六歲的女孩，臉上都洋溢著幸福的笑容。

要是把債務丟給那個小女孩，然後看到她痛苦哭泣的模樣，那畫面想像起來就覺得很爽！

「把我跟二伯借的五萬塊轉給她！」兆賢用望遠鏡看著小女孩說道。

說完不久，兆賢的二伯就神奇地出現在街上。他跑到母女身邊，抓住那個小女孩的手激動地不知道喊了什麼，小女孩當場嚇得嚎啕大哭，完全不認識二伯的媽媽也緊張地彎腰道歉，還從包包裡拿了幾張鈔票交給二伯。

「這個望遠鏡，好用！」

兆賢笑了，讓別人承擔自己的債務就是這麼開心的事。

他從小的時候就覺得人生就是要享受，不管是工作還是承擔責任，他都不想考慮。在他第一次欠下賭債的時候，他也只想拋下一切，什麼都不去想。他只想玩，還錢這種事太煩太累了，他壓根兒就不想管。

他再拿起望遠鏡，這次想轉移另一筆跟朋友借的錢。他欠下的債務總計有好幾百萬，只要一筆一筆轉移到不認識的人身上，債務就會全部消失，接下來他就可以繼續到處借錢來玩了。

「放下望遠鏡。」

有個少年忽然從街道陰暗處現身，態度強硬地命令自己。

兆賢確認對方的臉，他不認識這個少年：「你誰啊？」

「你就是用那隻望遠鏡把自己欠的債移到別人身上的，對不對？」

兆賢根本不想理他。可是他知道這隻望遠鏡的事，當然不能就這樣放他走。

「聽不懂啦，你不要一個人在那邊胡說八道好不好？」

「如果你真的不懂的話，又為什麼要在路上用望遠鏡看著別人？」映恆語氣變得更嚴厲：「而且那個女孩就是在你用望遠鏡看過她之後才被不認識的人找麻煩，所以絕對是你對她做了什麼。」

「我就說我不知道啦！」

兆賢拿起望遠鏡，想直接將債務轉移到映恆身上。

但老早弄清楚他想做什麼的映恆立刻用敏捷的動作閃開，接著從別的方向靠近兆賢。

已經宅在家裡好幾年的兆賢當然不擅長打架，一看到不認識的人接近，他馬上逃離了現場，途中還撞倒好幾個無辜路人。

「不要跑！」

兆賢那樣的大塊頭在路上相當顯眼，要追上去很簡單。不過他一直往小巷裡面逃竄，讓映恆一時間難以追上。

「啊啊！」

途中，兆賢撞倒一個拄著枴杖的老婆婆。跌倒的老婆婆發出扭到腳的痛苦哀嚎，老婆婆的兒子見狀便對他大叫：「不要跑！你給我回來！」

「不是我！」兆賢大叫，這時他好像想到什麼，拿起望遠鏡望向一旁路過的老人說道：「把撞到人的責任轉給他！」

突然，老婆婆的兒子放棄追趕兆賢，接著把矛頭指向那個老人：「你剛才為什麼撞我媽！我媽要是骨折了你怎麼負責！」

「不是我……」

「你還在狡辯！」老婆婆的兒子氣得打那個老人。兆賢瞭解到這組望遠鏡不只可以轉移債務，就連自己犯下的錯與各種賠償責任也可以轉嫁到別人身上。雖然剛才只是隨便試一下，沒想到真的有用！

映恆依然在後面緊緊不捨。兆賢連忙抓起地上的磚頭朝路邊汽車的擋風玻璃亂丟亂砸，等車主跑出來的時候，再拿起望遠鏡看著映恆：

「把砸車的錯都轉移到他身上！」

但是他並不曉得望遠鏡的魔法對映恆沒有效果這件事。

「你剛才幹嘛砸我的車！」

受害的車主把兆賢包圍起來，然後用力把他推倒在地上。

「為什麼！為什麼沒有轉移過去！」

「你在講什麼奇怪的話？快說你為什麼要砸我的車！」火冒三丈的車主們把他抓起來，準備把他圍毆一頓。這時映恆也正好趕來，想要把他手中的望遠鏡搶過來。

「那是我的望遠鏡，不要拿走！」兆賢被好幾個人架住，他用彷彿遭人搶劫的高分貝音量大喊：

「你們都走開、不要抓我！」

「把你手上的望遠鏡交出來。」映恆說。

「不要！你們很煩耶，都給我走開不要抓我啦！」

一陣推擠，兆賢一個沒抓緊，手上的望遠鏡掉到地上摔碎了。

「啊啊……！」

兆賢發出哀嚎。不只是因為他被一群人架著身體，而是那些本來應該已經去找別人的債主們，現在全都來到這條街上找他。

「膽子不小，居然敢騙我們！」

三個地下錢莊的成員把他包圍起來，一把抓住他的衣領就是一陣痛打。不只如此，那些無辜代替兆賢揹債的人也出現了，他們好像知道發生什麼事一般，氣憤地一起加入毆打他的行列。

「不要打了……警察……救救我啊……」

過了快五分鐘時間後警察趕來，動手的人一哄而散，只剩下那些想找他理論的人還留在現場。

但不幸的是，兆賢剛才頭部因為受到嚴重撞擊，現在躺在地上昏迷不醒。

這次映恆難得什麼事都沒做，就把整件事情解決掉了。

※

「你還好嗎？」

剛才幫兆鑫叫救護車的直純，現在來到兆鑫的病房裡關心地問。

「……剛才是妳幫我叫救護車的嗎？謝謝妳，我沒事。」

病床上的兆鑫已經接受過治療，現在沒有大礙。

「你的哥哥剛才又被債主追殺，現在人在另一間醫院裡動手術。」剛才來到病房裡的映恆向兆鑫說明。

聽到這件事，他臉色一沉。

「那個魔法望遠鏡呢？」

「被他摔壞了，債務全部都又回到了他身上。所以望遠鏡是你買的？」

「對。」

映恆明白他心情沉重的理由。要是他變成植物人或不幸身亡的話，到頭來那些債務還是要讓弟弟來處理。

能轉移債務的望遠鏡，也沒有真正解決他的問題。白雨芯一定是明白望遠鏡遲早會被毀掉，所以把望遠鏡設計成被摧毀時債務就會回到原本的債主身上。

「算了……那個爛人死了我還比較輕鬆。」

兆鑫用自暴自棄的口氣說道。

「這樣啊。」兩人大概猜到他們兄弟關係很差。

「他救回來的話一定也只會繼續浪費我的錢，還是讓他早死早超生吧。」

直純想說什麼卻又不知該不該開口。映恆察覺她的反應，說道：

「如果你覺得這樣做最好，那就這樣吧。我可以順便請教，你在哪裡找到魔法商店的嗎？」

「魔法商店……」兆鑫這時候才想起這件事。

「嗯，我記得。那間店就在我家附近的街上，好像隔了……六條街還七條街的距離吧，我有點記不太清楚了。」

這時，兩人互望一眼。

「你說那間店就在那附近嗎？」

「對，不過應該是最近剛開幕的，因為之前我沒看過那間店。」

如果他說得沒錯的話，那就表示德吉洛魔法商店真的會隨機移動到這麼遠的地方。

「那麼你在看到那間店之前，有想過什麼念頭或做過什麼事嗎？」

或許他在那附近曾經想過的某個念頭或是某種舉動，就是讓他開啟魔法商店大門的鑰匙。

兆鑫不明白眼前的高中生為什麼要問這種事，但還是認真回想一下。

「那個時候，我應該在想怎麼擺脫我哥，因為我覺得很不爽，然後那個店員就出現了。」

「只有這樣嗎？」

「對啊，其他我真的想不到了。」

映恆點頭，「謝謝你的幫忙，祝你早日康復。」

走出醫院大門，直純確認映恆心裡是否也有同樣的結論：「你覺得會不會只是因為心裡有一種強烈的願望或不滿，就能符合進入魔法商店的條件呢？」

「可能性很高。如果是衣食無缺又無憂無慮的人，也不會想要在那裡買商品。」

但就算知道這一點，只要沒辦法掌握商店出現的地方，就仍然一點用處也沒有。

而且還有一件事。

並不是所有曾經在魔法商店買過東西的客人，都能夠被兩人還有在幕後替兩人收集情報的團體找到。

就在他們今天阻止這個客人的同時，世界上的某個角落依然有人因為魔法商店的商品而受害。

第二章　由你決定活動的門票

便利商店的機台螢幕上依然顯示著售票系統伺服器異常的畫面。中午十二點準時進去搶票的人太多了，每次黃怡臻要來搶演唱會門票的時候，一定會遇到這種讓她惱火到想揍人的狀況。

「啊……快一點、快一點！」站在機台前的怡臻急到快要飆出眼淚：「這次是Triple Buster他們第一次到台灣來的巡迴演唱會，拜託一定要搶到啊！」

Triple Buster是一個新成立的韓國偶像男團，成員們剛出道就用高顏值的外表以及出色的歌唱能力虜獲許多女性粉絲的心，怡臻也是其中一個。

這次他們要在台灣開第一場巡迴演唱會，怡臻無論如何都不想錯過，但想買演唱會門票的粉絲太多了，就算怡臻今天蹺掉一堂課一早就跑過來排隊，依然無法抵抗當機的命運。

好不容易進入系統，怡臻看到的卻是所有座位區都被選走，一個也不剩的景象。

「怎麼會這樣子！」

怡臻有種想要直接在便利商店裡像悲劇女主角那樣抱頭痛哭的衝動，但她的恥力還沒有高到能這麼做，最後選擇像隻喪家犬一樣默默走出店門外。

「為什麼會變成這樣子啊！我今天都已經在機台前面排了三小時，然後還被一堆客人白眼，為什麼我的努力都得不到結果啊！」

坐在路邊候車亭的椅子上自暴自棄地說了一堆後，怡臻還是覺得有點沮喪。雖然沒有損失任何一毛錢，但機會就這樣子白白從眼前溜走，果然還是讓人惋惜。

「肚子好餓……」

怡臻這個時候只想找間好吃的餐廳先吃午餐。

用手機搜尋了一下附近餐廳的資訊，距離這裡走路大概十五分鐘會到的地方有一間新開幕的鍋物專賣店，她今天決定要吃火鍋或涮涮鍋。

走到地圖指示的街道時，怡臻被街上某間不尋常的商店招牌吸引住目光。

商店的招牌用紫底白字寫著「德吉洛魔法商店」七個字，看起來像是會在韓劇女主角碰上人生危機時突然出現，然後會有個型男店長走出來向女主角伸出援手的那種商店。

感覺好像會遇到什麼奇特的遭遇——怡臻心裡突然冒出這樣子的念頭，同時也不自覺地朝著神祕商店移動腳步。

商店本身看起來只是一般的生活雜貨用品店。裡面放著各式相當時髦的商品與食品，到處都沒看見任何像帶著魔法的物品。

「不好意思！」

怡臻叫住在店裡面整理貨物的女性店員，當她看到店員的臉龐時，不禁嚇了一跳。

店員看起來相當年輕，大概只有高中生的年紀，但是她的美麗程度大概也是自己見過的人之中數一數二的，就算說她是個擁有上百萬粉絲的網美也毫不意外。

不是型男店員有點可惜，但怡臻還是覺得很幸運。

「請問有什麼可以為您服務的呢？」

怡臻看了一眼店員圍裙上的名牌，上面寫著「白雨芯」：「那個……我有點好奇，為什麼你們的店要取名叫『魔法商店』呢？」

「顧名思義，因為我們這裡除了客人您看到的普通商品之外，也會賣一些帶有魔法的神奇商品喔。」

「是喔？」聽到雨芯這麼直白的答案，怡臻一時間不知道該怎麼回答：

「那妳們家的神奇商品可以做什麼？」

「幾乎所有您想得到的生活煩惱都可以解決。」雨芯自信地解說：「從愛情、財運到減肥這類的事情，幾乎都可以達成。您要不要說說看還有什麼我想不到的煩惱呢？說不定可以當成下次進貨用的參考！」

「煩惱喔……」怡臻思考一會後，半開玩笑地說：「那有可以讓我不用在機台前面搶票就能順利預購演唱會門票的道具嗎？」

「要搶非常受歡迎的歌手演唱會對不對？我知道！」

「Triple Buster他們現在很紅啊！所以他們第一次來台灣的巡迴演唱會，票也超難搶！我今天排了一整個早上，結果時間一到還是馬上就被搶光！」怡臻忍不住大吐苦水。

「辛苦您了，搶門票一定很累人吧。」

「就是說啊，我都站到快要累倒了。」

「那麼，只要能讓您搶到門票就可以了嗎？還是說……只要能讓您順利進去看演唱會就夠了？」

「讓我進去是什麼意思？」

「我們店裡現在正好有件商品，可以讓客人觀賞任何一場他想要看的表演；只要使用的客人想要，那就絕對看得到。」

「那是什麼樣的東西？」

雨芯向怡臻點頭後，接著走進後方一扇門上寫著「D」的倉庫之中，過一會兒便帶回了一本像支票簿的東西。

支票簿的淡粉紅色封面上畫著一個用黑色墨水畫的眼睛圖騰符號，下面沒有任何文字。

「這個是『由你決定活動的門票』。」雨芯介紹。

「門票？由我決定？」

「請看一下裡面的門票。」雨芯把門票簿攤開，票面上最上方印著「活動名稱」、「地點」這兩個欄位。

「這些空白的門票可以應用在各種不同的活動上。想要去演唱會的話，只要填寫好演唱會的名稱與地點就能使用；想要去看球賽的話，同樣填寫好比賽的名字與地點也能去看，不需要其他的步驟。」

怡臻用難以置信的眼神看著雨芯。

「對您來說這的確是一時間無法相信的事，那就實際實驗……不過這個也不是能立刻在店裡面展現效果的商品，那直接招待您一張試用品吧！」

雨芯從裡面撕下第一張門票，然後連同一支黑色原子筆遞給怡臻。

「只要把您想參加的那場演唱會的名字還有它的舉辦地點填上去，到時候拿著這張票到現場就可以入場了！」

就算說是惡作劇，這也太超出常識範圍了。她接下那張門票還有筆，在活動名稱欄寫下「Triple Buster Live Tour台灣旗艦場」還有「巨蛋體育場」後，問：

「這樣子就可以了嗎？」

「是的，活動當天只要帶著這張填寫好的門票，就可以盡情地享受免費演唱會囉！請收下它吧！」

要不是對方是個連自己都忍不住讚嘆漂亮的女生，怡臻這個時候早就笑著說聲「謝謝」然後趕快退出去了。眼前店員的聲音還有笑容像是帶著一種超越人類美貌的魔力，讓怡臻就算理智明白這種事在正常情況下是不可能發生的，但還是有一股想要嘗試的衝動。

「要是沒用呢？」

「反正這是免費的試用品，如果拿著這張門票試著去一次的話，您一定會得到意想不到的驚喜！我們店裡的商品都帶著奇妙的魔法，如果試用品的體驗讓您還滿意的話，到時候請來購買通往魔法大門的入場券！」

她把門票塞進包包裡，微笑著點頭後退出魔法商店；雨芯對這樣子的反應已經很習慣了，她臉上完全沒有任何不悅的反應。

※

雖然怡臻腦中很清楚世界上不可能會突然出現這麼棒的事，但一想到自己努力一整個上午卻什麼都沒有得到，她真的氣到超想抓起床上的抱枕摔在地上。

「這個門票真的有魔法嗎？」

門票怎麼看都只是用普通的紙做的，也沒有畫什麼咒語或魔法符號，但聽了店員剛才那番話，怡臻心裡還是有一股想要拿著門票去試試的欲望。

這樣做感覺好像白痴一樣。可是一想到那個店員說的話，怡臻還是又忍不住覺得好奇。

結果巡迴演唱會當天，她依舊來到了現場。

不愧是Triple Buster的第一場巡迴演唱會，就算門票一張上千元，黃牛票一張價格突破一萬，現場的觀眾還是將四周擠得水洩不通。手持票券的人潮在體育館外面排成長長的人龍，門口的工作人員光是檢查門票就忙得不得了，怡臻突然覺得自己好像一個笨蛋。不，在知道自己想要幹嘛的人眼中，她或許確實是笨蛋也說不定。

「小姐您好，請問怎麼了嗎？」

有個工作人員看到怡臻好像很困惑的樣子，於是走過去向她搭話。

「啊、沒事！不是什麼大事，請問這個可以用嗎？」

怡臻拿出自己填寫的門票讓他看，試探他的反應。

工作人員接過那張手寫的門票，仔細看著上面的字。反正也不是什麼大不了的事，要是被懷疑的話只要回答「哈哈我開玩笑的」之類的話蒙混過去、趕快離開現場就好。

「不好意思，請妳跟我往這邊走。」

「啊、對不起！那個……我只是開玩笑的……」怡臻連忙道歉，一定是這張票讓工作人員生氣了，所以要把自己帶到辦公室裡面問話吧！

「開玩笑？」聽到這句話，對方反而露出不解的表情：「您不是買了這次巡迴演唱會的門票，要來看演出的嗎？」

「啊……」這句回答反而讓怡臻疑惑，不知道怎麼回答，只能閉著嘴乖乖跟在他身後走進體育館。

黑暗的會場裡面已經聚集了許多人，那位工作人員帶著自己直接走向舞台，接著指了其中一個空位說道：「妳的座位在這裡。」

工作人員沒有再多說其他的話便轉身離開，怡臻呆愣在原地，不曉得發生什麼事。沒有買到票的自己居然有一個座位，而且還是在最貴最難買到的搖滾區！

「不會吧……真的假的！」

那張用手寫的門票居然真的有用，而且還給自己最棒的座位！

雖然怡臻不安地再三確認，旁邊的座位都已經坐滿人，惟獨這個座位真的沒有人坐，就像被預訂了似的。

過了半小時後，演唱會正式開始。Triple Buster的成員們在舞台上又唱又跳，所有人都在快樂地跟著吶喊，這裡就是天堂，怡臻沒想到自己現在居然可以親眼看見自己的偶像對自己揮手，她開心到快要靈魂出竅了！

現在發生在自己身上的事，全部都像是在作夢一樣。演唱會持續了三個小時才結束，之後怡臻都還覺得自己像被天使眷顧般幸運。

那張門票真的有不可思議的力量，如果只是填寫活動的名字就可以讓空白的門票變成一張ＶＩＰ入場券，那自己接下來根本不需要再搶票搶得你死我活了呀！

怡臻一整晚都在腦中回味演唱會的快樂，隔天早上便立刻跑到魔法商店位處的那條街上。德吉洛魔法商店似乎是二十四小時營業，雖然是現在還只是早上八點多，但店面卻依舊燈火通明。

「歡迎光臨！」店裡面唯一一位女性店員白雨芯用充滿朝氣的聲音向怡臻打招呼。

「那張門票試用品的效果如何呢？玩得開心嗎？」

「太開心了！」怡臻到現在都還覺得心動不已：「那是怎麼做到的？真的是魔法嗎？不管是什麼樣的演唱會都可以進去嗎？」

「沒錯，只要知道活動的名字與地點，任何需要門票的演唱會、比賽、演講活動都進得去，不需要門票的地方也適用，就算是自己虛構的活動名字或單純想去的設施也可以。」

「虛構的活動是什麼意思？」

「自己構思的活動。這個到時候再自己試驗就知道了，您只要把想參加的活動寫上去，我想就可以了。」

「可是上面沒有寫時間欄，這樣子不就不能選活動場次了？」

「只要在自己想要參加的場次舉辦的時候前往現場，任何一場活動都可以參加，請您放心。」

太棒了，只要有這種門票，就可以跟搶票的日子永遠say goodbye了！

「太好了，我想要……等一下，既然這種門票這麼萬能，那麼會不會很貴？我現在身上沒有太多錢的說……」

「這一本門票總共有一百張，扣掉試用品的那一張，一張一百元，總共只要九千九百元！跟市面上販售的門票相比是相當划算的價格喲！」

「我以為一張至少要一千元呢，這樣好像有點太便宜了……」

「我當然不會強迫客人您購買，等您回心轉意的時候，隨時都可以回來我們店裡詢問喔！」

怡臻為了買演唱會門票，本來就存了五千多塊錢。把打工存下來的錢加一加的話，要湊到一萬元沒有什麼問題。

「要是門票不能用呢？」

「到時候我們會替換一張全新而且帶有魔法的門票給您，這點也請您放心！」

「我知道了……那我要買！」

花一萬元買未來九十九場演唱會的ＶＩＰ門票，把目光放遠一點來看的話自己等於省下了許多門票錢，事實上並沒有任何損失。

有了這個的話，未來Triple Buster不管舉辦多少場演唱會，自己隨時都可以去參加。

怡臻喜歡的偶像不只有Triple Buster而已，下個月還有一個名叫U-Pilot的偶像團體也要開演唱會，怡臻等這場演唱會已經等很久了。

U-Pilot是一個五人組男團，雖然怡臻之前曾經成功搶到票，也參加過幾場他們的演唱會，不過這次既然得到絕對能入場、而且是座位最好的門票，那她當然沒有理由錯過這次機會！

怡臻撕下一張門票，在上面填上「U-Pilot最愛一生台灣特別演唱會」以及舉辦的地點，等到演唱會當天她便帶著門票直接來到現場。

她發現只要把這張魔法門票交給現場任何一位工作人員，對方就會自動帶著怡臻前往視野最好的ＶＩＰ座位。就算這場演唱會的票搶手到有許多人要靠著黃牛票才能入場，那個座位永遠都不會被任何人搶走。

這一夜對怡臻來說同樣難以忘懷，因為她還不曾這麼近距離地觀賞U-Pilot的五位成員在自己面前唱歌跳舞，短短一個月內能見到兩場這麼棒的演唱會，怡臻現在才開始覺得人生真美好！

「啊啊啊……太棒了！」

演唱會結束後，怡臻深夜走在回家的路上，開心得直轉圈。

「真的只要有了這本門票，我想參加什麼活動就能參加什麼活動！還有九十八張的話，接下來要拿來怎麼利用呢？」

那個可愛的店員曾經說過，只要是需要門票的活動都可以使用，需要門票的各種場所也全都適用。

需要門票的場所，應該是指美術館或遊樂園那類的地方。不過這些地方的門票也不是什麼搶手到完全買不到的東西，把魔法門票浪費在這種東西上太不值得了，要用就該用在CP值夠高的地方才行。

譬如說——迪士尼樂園的門票。

譬如說——NBA球賽的入場門票。

不過這些對怡臻來說不是什麼有吸引力的選項，因為她沒有收看NBA球賽的習慣。如果寫一張然後高價賣給想看的人的話應該行得通，但這樣子就跟賣黃牛票賺錢沒有兩樣，非常卑鄙，她最討厭那些把票搶光然後再高價賣出的黃牛了。

那如果是分給朋友一起用呢？怡臻覺得她身邊的朋友不會相信這種事，肯定只會覺得這是某種詐騙，而且要是被其他人知道的話，大概三不五時就會有人來找自己要一張票，那樣以後一定會變得很麻煩。

「算了……這件事暫時保密吧。」

因為魔法門票的關係，怡臻省下了原本要拿來買門票的錢，數一數有好幾千塊呢！用省下來的錢買了其他想要的東西、吃大餐。多虧這件事，怡臻心情變得很好。

「想去的演唱會最近都已經去過了，再來還有什麼地方可以去呢……」

怡臻拿著手機搜尋近期各種活動資訊，從農產品展覽到高級古董拍賣會都看過一次，其中一個活動吸引了怡臻的目光。

「這個活動……正好可以試試！」

抄下網頁上的活動名稱還有地點後，怡臻再撕下一張門票，小心翼翼地把活動名稱一個字一個字填寫上去。

隔天下午，怡臻帶著那張門票來到一間高級活動會館。

「這是我的門票。」

她把那張門票遞給站在門口的那位身穿黑西裝的接待人員。

門票上面寫著「塔麗星珠寶公司ＶＩＰ會員珠寶鑑賞下午茶會」。

接待人員接下門票確認後，毫不懷疑地邀請怡臻進入會場。會場在活動會館的高級貴賓室裡面，有十幾名打扮像是貴婦的客人站在展示各式珠寶的桌子前鑑賞，一旁還有專員負責解說珠寶資訊。

「您好，如果看到任何有興趣的珠寶，都可以告訴我！」

這場鑑賞會只限定塔麗星珠寶公司的會員參加，而且只限定ＶＩＰ會員，本來跟這間公司沒有任何關係的怡臻是不可能進來的。

但是這張門票不只能讓使用者得到買不到的座位，甚至還能讓沒有資格入場的人也參加活動，如果繼續參加不同活動，說不定還可以發掘到新的功能。

像怡臻這樣子的窮學生，當然對珠寶這種高價精品沒興趣，但她為了試驗門票是不是連會員限制都可以突破，才挑了這場鑑賞會。

「居然連會員制的活動也可以進去……太好了，我好像又想到許多可以參加的活動了！」

譬如說有些見面會或握手會的活動只限定粉絲俱樂部的會員參加，只要用這種門票的話，怡臻就可以隨心所欲出入這些場合了！

一想到自己可以省下比想像中還要多的錢，甚至能享受到許多開心的活動，她的內心就雀躍不已！

接下來的一個月，怡臻用掉了差不多十張左右的門票。大部分都是參加偶像的粉絲俱樂部會員限定活動，有幾張是拿來參觀藝文活動，一張是在熱門電影的票賣光時使用。

「妳最近怎麼好像常常去參加演唱會還有活動啊？」

怡臻中午跟朋友吃午餐時，朋友笑著問道。

「哦、沒有啦，就剛好有多餘的錢，然後有點累，所以想犒賞一下自己啦。」

「妳是中樂透還是妳爸多給妳零用錢啊？」

「那是我先前存的錢啦。」
隨口敷衍以後，怡臻繼續想著如何利用剩下的門票。
虛構的活動。
怡臻突然想起那個女店員講過的話。
只要把自己想的活動寫上去，這張票同樣可以用。
如果自己沒有誤會的話，她應該是說這種門票就連自己亂掰出來的活動都可以使用的意思。自己構想活動內容，然後活動就會實現，大概是這種概念。
可是世界上真的有這麼不可思議的事嗎？
一直在原地想像也不是辦法，怡臻決定鼓起勇氣撕下一張空白門票測試。
「要試的話，就要自己想一個活動的名字了……想什麼好呢？」
在想了一段時間後，她終於用黑色原子筆在上面寫下一個超長的活動名稱。
「活動名稱：Triple Buster成員們跟我獨享的一小時近距離握手會&粉絲見面會（而且不會有其他人參加）」
「地點：我的房間」
反正都要試了，那乾脆就填一個超夢幻的活動上去吧！
寫完以後，怡臻緊握著門票等待接下來會發生的事；然而，四分鐘的時間過去了，卻什麼事也沒發生。

「啊……是我搞砸了嗎？結果白白浪費一張票！」

在怡臻懊惱叫喊之際，房間的門後突然發出一陣炫目的白光。

當門打開的同時，門後出現的景象不禁讓怡臻懷疑自己是不是看錯了。

Triple Buster的三位成員從門後走進來，臉上還帶著親切善良的笑容望著自己。

「Hello～We are Triple Buster～」

「哈……哈囉……」完全呆住的怡臻，只能口吃地回答。

他們真的出現在自己的房間裡面了！

現場沒有幫忙翻譯的工作人員，因此怡臻沒辦法完全聽懂他們在說什麼，不過偶像就在自己面前，就算自己英文超破也要用盡全力跟他們對話才行！

雖然三人韓文夾雜英語地跟怡臻說話，怡臻也只能用非常不流利的英文回答，但是整體來說這場夢幻的見面會非常開心。

雖然怡臻緊張到快要心臟爆裂而死，但最後她還是跟三個小鮮肉帥哥都握到了手，這一切都非常值得！就連晚上躺在床上的時候都會不停回想起那夢一般的經歷，然後就更加睡不著。

今天就是怡臻的人生中最幸福的一天！

在這場不可思議的見面握手會結束後的第二天，怡臻腦袋冷靜下來，開始思考Triple Buster

的成員們是怎麼來到這裡的。

「昨天的事該不會是門票創造出來的夢吧？幻覺嗎？可是跟他們握手的時候，我明明就感受到手上有溫度啊。」

怡臻相信昨天聽到與看到的事絕對不是幻覺，只是她也想不透這是怎麼回事，一切只能用魔法來解釋。

如果這種門票神奇到就連自己構想的活動都能成真的話，那麼把它拿來參加活動也太浪費了！

在發現門票真正的力量以後，怡臻開始把門票用在參加自己設計的活動上。

「為黃怡臻一個人準備的義式料理吃到飽餐會」

「只有黃怡臻可以參加的交響樂音樂會」

「黃怡臻專屬的法式料理餐會」

就算是這種明顯只有怡臻自己一個人可以享受的活動，只要把門票寫好，同樣可以完全實現。

「哦……這個紅酒好好喝！紅酒配乳酪沒想到這麼搭！」

這天晚上，怡臻一個人坐在門票創造出來的餐廳空間裡面，一邊抓著玻璃酒杯品嚐法國拉圖酒莊出產的紅酒，一邊吃著服務生端來的烤肋排。

怡臻完全不知道這些餐廳服務生是從哪邊叫出來的，眼前高級料理的食材來源也同樣不明，不過外表看起來是真正的活人，應該不用擔心。

像這樣子在高級餐廳裡面用餐，大概是第一次。

因為家人幾乎不會想要帶自己到這種高級餐廳吃飯，就算是生日或一些特殊節日也是屈指可數。

上大學以後，雖然曾經跟學長姐聚餐，但那之後也沒有機會跟朋友或是別人到這種餐廳吃飯。

因為自己是偶像宅，剛好身邊的同學也沒有人跟自己喜歡同樣的團體，在沒有相同話題的情況下，怡臻身邊能聊的朋友其實也不多。

一想到就算有能夠免費吃大餐吃到飽的機會也沒辦法招待朋友，她不禁感到可惜。

反正這件事是她自己一個人的祕密，還是算了吧。

怡臻其實也不是一個有很多欲望的人，用掉十幾張門票以後，她的願望基本上已經都達成了，剩下的門票她打算留著，以備不時之需。

她把那本門票放進抽屜裡保管。

在過了兩個月後，出現了另一場讓怡臻感興趣的活動。

那是另一個怡臻最近迷上的新團體X-Counts所舉辦的巡迴演唱會，X-Counts是台灣的少年偶像團體，人氣同樣非常旺，他們的全台巡迴演唱會門票也同樣一票難求。

現在的怡臻當然沒有必要站在機台前跟全世界的人一起搶票了，只是她已經發現門票真正強大的地方，與其把它拿來當成免費的ＶＩＰ門票，不如做點更好玩的事。

她在一張空白門票上寫下花了二十分鐘考慮的活動名字。

「活動名稱：X-Counts與黃怡臻專屬的ＶＩＰ粉絲演唱會LOVE FOREVER！（附飲料與便當）」

「地點：沒人使用的演唱會會場」

只要沒有在活動名稱標註時間的話，活動通常會在寫完不久後就開始，接著X-Counts的成員們應該會神奇地出現在房間裡面，然後在自己面前載歌載舞外加握手聊天，要用的話就要發揮門票全部的力量，物盡其用才對。

「哈囉，妳就是黃怡臻小姐對嗎？」

房門打開，X-Counts的六個帥氣少年跟著十幾個伴舞群一起小跑步進入房間，對坐在書桌前的怡臻開心打招呼。

跟活動有關的工作人員被召喚過來時，房門就會變成像任意門那般，可以通往一個發光的神祕空間，這也是門票的魔法。

「是，我就是！」

「太好了，今天可以聽到妳這麼有活力的聲音，我們大家都很高興！」隊長唐糖開心地對怡臻笑著。

「啊……我也好開心喔！」

「那就跟著我們一起到會場去吧！」

房門發出光芒變成任意門，直接通向一個沒有看過的廣大演唱會會場。

會場裡有可以容納三千人的座位，也有一個巨大且閃耀的舞台。

「可愛的黃怡臻小姐，今天就讓我們為妳帶來我們的第一首歌〈甜蜜宇宙No. 1〉！」

團員們沒有任何懷疑的反應，直接開始表演他們的拿手歌曲。五坪大的房間立刻變成氣氛HIGH到最高點的表演現場，怡臻抓著事先準備好的螢光棒，開心地跟著大家的歌聲一起唱。

怡臻手邊真的出現了一瓶礦泉水和一個便當，只要在門票的活動欄裡面把想要的東西寫好，指定的物品也會跟著出現，這個功能非常方便。

雖然這麼做對其他粉絲不太好意思，可是就稍微獨占兩小時的時間而已，只要保密的話就不會有事吧！反正那些被她用門票召喚來的偶像們，事後好像也沒有被召喚過的記憶。

怡臻把那些事全部拋到腦後，決定好好享受這場像夢境般的演唱會。

然後，誰也沒有想到——

X-Counts的成員們，從那天開始全部神祕失蹤了。

※

演唱會當天，粉絲們遲遲等不到X-Counts的成員們登台，工作人員們也完全找不到他們到底跑到哪裡去了。

當天的活動在表演者與部分工作人員失蹤的情況下被迫取消，之後甚至演變成社會新聞。

根據當時在場的工作人員指出，失蹤的X-Counts成員們本來都在休息室裡準備演出，直到大家發現表演時間快到了他們卻遲遲沒有現身，進去查看之後才發現成員們都從休息室裡憑空消失了。

當下所有演唱會的工作人員都一起在現場到處尋找他們的蹤影，然而卻一無所獲，手機也打不通；情況太過異常，主辦單位直接通知警方前來協助，但詭異的是警方調閱監視器，還是沒有看到他們的蹤影，他們就像字面意義那樣人間蒸發了。

在那之後的一個月，電視新聞都在不停報導X-Counts成員的各種資訊還有成員軼事，但經紀公司與警方用盡了各種方法，卻依然徒勞無功，連一片皮屑都沒有找到。

不過同時還發生了一件沒有受到矚目的事件。

那就是大學生黃怡臻也在自己的房間裡面憑空消失了。

所有失蹤的人，如今都被困在那個由門票創造出來的空間裡。

那個像是表演舞台的空間不屬於地球上任何地方，是個完全被孤立起來的場所。就算他們盡全力想破壞出入口的門也完全無濟於事，就連怡臻本人也不知道怎麼會變成這樣。

「妳到底做了什麼！快放我們出去！」

原本態度和善的X-Counts成員們如今態度一百八十度大轉變，對著怡臻破口大罵。

這也難怪，因為所有人都被困在這個地方超過一個月了。

這段時間大家都靠著憑空出現的便當果腹度日。怡臻當初在門票上寫的水與便當每隔三小時就會出現一次，但要同時餵飽二十幾個人根本是不可能的事，不過聊勝於無，所有人便輪流分配一小口的飯菜與一個瓶蓋左右的水。

再加上這裡沒有浴室，現在每個人身上都飄著一股酸臭味。不只如此，這裡的洗手間沒有充足的水量，所以現在空氣中也飄著濃濃的屎尿臭，這個會場現在已經變成難受的監獄。

「我不知道……我真的不知道怎麼會變成這樣子……」

怡臻從第一場演唱會結束後到現在，都只能像個不知所措的孩子那樣哭著解釋。

「快放我們出去！」餓了三、四天都還沒分到飯的舞者，生氣地打了她一巴掌。

「哇啊啊啊……嗚嗚嗚啊啊啊……」

怡臻真的除了哭以外，什麼都做不到，甚至不明白為什麼這場演唱會居然過了一個月都還沒結束。

其實原因就出在她身上。

由於怡臻在活動名稱的後面還加上一句「LOVE FOREVER」，因此門票把這句話的意思判讀成「永遠的演唱會」之意，一旦表演者還有黃怡臻進入了門票創造出來的會場空間，到死為止都只能永遠待在裡面無法出來！

要是怡臻沒有要求水與便當的話，所有人大概過一星期就會全部餓死在裡面，要求門票提供免費便當真的是歪打正著，但也只是讓所有人處在餓不死卻也吃不飽的狀態。

「不要哭了！要不是妳的話，我們現在就不會被關在這裡那麼久，而且我們的演唱會也辦不成了！」、「要是有人死在這裡的話，我出去一定要控告妳妨害自由！」

團員們的記憶與意識在演唱會結束後似乎就會恢復正常，不過休息五十分鐘就又被無形的力量重新拉回到舞台上，再進行一場新的表演。

對他們來說，出不去又得被迫在又餓又渴的情況下不停唱歌是一種折磨。

「是那個門票害的……我只是用門票召喚你們，然後就變成現在這樣……」怡臻的聲音因為口渴而粗嘎沙啞。

「那妳就負責解決啊！」

「可是……我真的不知道嘛……嗚嗚嗚……」飢餓讓怡臻失去了思考能力。

「既然妳是唯一的觀眾，那要是觀眾死了的話，我們是不是就可以出去了？」

不知道是誰突然這樣提議，然後所有人的視線都集中到怡臻身上。

「不要……不要……」

她只能害怕地縮起身體，但其他人已經把附近的舞台器材拆下來，當成凶器朝她身上重重打下去。

怡臻發出慘叫，接著其他人也加入了虐殺怡臻的行列。手無寸鐵的女孩被暴力毆打，沒有任何人能來拯救她，就算鮮血噴濺在座位各處，也沒有人對眼前的少女報以同情，因為在這種極限狀態下，能夠保持理性思考是件非常困難的事……

「呵呵呵。」

空間中沒有人注意到的角落，傳來一陣開心的笑聲。

魔法商店的店長白雨芯坐在座位上，邊吃著裝在盤上的美味蜜瓜火腿，邊優雅地看著眼前的虐殺秀。

「一時的筆誤導致了終生的後悔，人類在這種時候露出的悔恨表情也好有趣，我好喜歡……呵呵呵呵……天下絕對沒有白吃的午餐，如果看了夠多的表演，那就該換妳表演有趣的東西讓我看了！」

雨芯看著怡臻快要被活活打死的絕望慘樣，愉快地轉身離開現場。

接下來雖然那些偶像男團的成員們可以回到原本的世界，但他們都會帶著殺人的罪惡感過完這一生。

雖然死掉的人類數量不多，但雨芯還是感到心滿意足。

第三章　專業氣息的西裝

當駱治綸被單獨叫到主辦辦公室裡面的時候，主管已經開始閱讀他的業績報告。當他看到主管閱讀上面的數字並皺起眉頭的反應，治綸就知道大事不妙。

「治綸啊，你知道你最近的業績真的不是很好嗎？」

「是，我知道這幾個月的狀況跟以前相比，不是很理想……」

「什麼叫不是很理想，是非常不理想！」主管直接否定他的話：「其他人像是勝瑋啦、佳欣啦、子傑啦，他們都可以達成每個月的銷售目標，可是為什麼就只有你每次都差目標一大截？你是不是沒有熱情？」

「非常對不起……」

「不要講對不起啦，來講講你怎麼改善這個問題好不好？像是改善你說話的方式或是改變一下你的形象，讓人感受到你是真的有專業感在的好不好？沒有專業感的話客戶怎麼會聽你介紹產品？還是你乾脆再重新研究一下我們公司的辦公室產品有什麼樣的特色……」

主管的訓話又長又嘮叨，治綸很不想聽。而且主管並不瞭解現在的市場狀況，只會一味地把專業形象當成問題的癥結點，每次都只會抓著這件事不放，真的很討厭。

不過主管大概有四分之一的內容說中了。治綸和成功商業人士的形象差了十萬八千里，他只是一個瘦小的普通人，有時候甚至被當作還沒畢業的大學生，說沒有人會把自己當成什麼專業的業務，治綸也無法否認。

治綸現在工作的這間公司是一間專門銷售辦公室用品及機器設備的銷售商，他的工作就是拜訪各種公司，同時把各種新型的影印機或文書設備介紹出去。

治綸在這之前當然也試過去做造型、改變視覺形象，但感覺也沒什麼用，所以他還是放棄了這個方法。

他也試過要訓練自己的話術，還買了幾本教人說話的電子書，但自己大概不適合用功唸書，所以看了幾個星期就放棄了。

要是不想辦法改善業績，接下來的工作只會越來越難過而已。

在下班等公車的時候，治綸無聊地滑手機看新聞與一些枯燥乏味的農場文章。

這時，一篇論壇上的文章標題引起他的好奇心。標題欄寫著「實現願望的魔法商店」。

原PO的文章裡寫著，有天他在街上看到一家不知道什麼時候開幕的生活雜貨店，接著在裡面買到了不管什麼樣的賭博，只要使用了就一定會讓他贏錢的三顆骰子。不過這篇文章一看就知道當然是幻想文，如果世界上有這麼好用的魔法商店，自己還不殺過去買爆！

但讀到這邊，治綸隱約記得自己好像有看到很相像的店家。那是跟朋友去一間新開幕的美式漢堡店吃晚餐的時候，他走在路上，曾經路過一間招牌上同樣寫著「魔法商店」四個字的店門口，當時沒有多注意，但現在回想起來，他有種奇特的感覺。

反正有時間，他改變心意繞路到那附近去看看。

晚上的街道依然熱鬧非凡，他在那條路上走著走著，不一會就看到紫底白字的招牌。店名是「德吉洛魔法商店」。

推開門，裡面是一間普通的生活用品雜貨店。門口附近擺放著特價拍賣的香氛蠟燭與香皂，再往裡面走，甚至還有販售進口餅乾與泡麵。

「歡迎光臨，有需要找什麼商品請告訴我！」

有個少女店員向自己打招呼，治綸忍不住嚇一跳，因為對方是個超正的正妹，頭髮染成淺藍色，笑起來的樣子讓人不禁心跳加速，那可愛的外表一瞬間就讓治綸把她排進內心的正妹排行榜第一名，還有想要跟她互加通訊軟體好友的衝動。

「妳們店裡有賣什麼樣的魔法道具？」

「有各種各式各樣的商品呢。從讓愛情圓滿實現到增加財運都有，連排除小人那樣的商品也有賣喔。」店員用不知道練習過幾千遍的流暢語調回答。

「那有可以讓人提升業績的道具嗎？我最近被主管罵了，他說我的樣子看起來太不專業，所以才沒有客戶願意跟我下訂單，唉。」

自己長得也不像什麼型男，也難怪會被人這麼認為。

「您從事的是那種需要擁有強烈的專業形象的工作嗎？」店員認真地確認。

「普通的業務而已，只是要是可以讓形象變得更好的話就好了。」治綸忍不住對著眼前的正妹店員傾訴自己的煩惱。

「嗯……」店員稍微認真思考，接著雙手輕輕一拍：「對了，我們店裡現在正好有能夠解決這個問題的商品喔！」

店員轉身走進店面最後方的倉庫之中，接著帶著一件包在透明塑膠袋裡面的西裝回來。

「西裝？」

「這件是『專業氣息的西裝』。」店員用活潑的聲調說明：「雖然看起來只是普通的灰色西裝，但只要穿上這件西裝，身上就會自然而然散發出強烈的專業感，而且這件西裝適用於各行各業的工作者，只要是跟穿著西裝接觸的人都會感受到這股氣息！」

「為什麼？那樣的話不就只是看起來很帥的意思嗎？」

「不只是看起來很帥，而是所有跟您見面的人都會打從心底認定，您就是在這個業界領域裡擁有專業知識的人士。」

「真的嗎……我還是不太懂。」

「真沒辦法，那由我自己來示範一次吧！我去換一下衣服，請在這裡稍等一下！」

店員離開現場。三分鐘後，換上西裝的藍髮少女回到現場。

原本的正妹穿上西裝後，改成散發另一種成熟而可愛的氣息。而且治綸也感受到一股剛才不存在的感覺，就好像眼前的少女突然搖身一變成為某個有為的年輕企業家一般。

「怎麼樣，是不是感受到一種新的專業感？還是說，客人您被我的西裝打扮迷住了呢？呵呵呵。」

「啊沒有、對不起。」

「沒關係，但我相信客人您也有感受到，所有見到您的人也會出現相同的感覺，您不需要準備任何的話術，就可以輕易取得對方的信任，如此一來要讓業績穩定上升也不是什麼難事喔。」

就像她說的那樣，自己如今真的在她身上感受到一種專業商人般的氣息，好像在講座現場親自感受到身經百戰的企業家前輩那樣經驗老到的氣場，真的很不可思議。

「它要多少錢？」

「目前我們店裡正在進行七折促銷，因此只要四千兩百元就夠了！」

四千兩百元這個價格跟在外面購買西裝差不多，要是這件西裝真的有不可思議的力量，那麼這個價格還挺划算的。

「要是它沒有用的話，會有售後服務嗎？」治綸笑嘻嘻地問。

「當然有，如果您發現它沒有帶來您想像中那麼好的效果，隨時都可以帶著商品到我們店裡退換一件新的！」

要是可以當成跟正妹繼續見面的機會那倒也不錯。治綸馬上爽快地答應：「好，那我買了！」

「那麼請稍等一下。」店員換回原本的黑圍裙服裝回來，手上抓著布捲尺還有裝在小塑膠盒裡面的整組裁縫工具，他這時才注意到店員的名牌上寫著「白雨芯」三個字。

「我確認客人您的身高尺寸後，會幫您改一下西裝尺寸與褲管長度，請等我十五分鐘！」

這個時候的治綸還沒想到，這套西裝為他的人生帶來的影響比他想像得更為嚴峻。

※

隔天，治綸就穿著這套西裝去上班。

一方面是這件西裝被雨芯改過以後相當合身，他覺得穿起來還蠻好看的。

但是另一方面，他也想知道這件西裝昨天展現的力量究竟是不是自己的錯覺。

「早安！」

一進大門，治綸便向門口的警衛老伯打招呼。老伯只是點頭，看起來沒什麼反應。

「早安！瑩姐！」一進辦公室，他馬上向負責會計的前輩打招呼。

「早啊。今天換新西裝啊，看起來好像讓你更有威嚴了！」

「哈哈哈，謝謝！」這個感想聽起來很普通，治綸只是微笑著回應。

不過等到治綸走進辦公室的時候，他馬上就感覺到周圍的視線好像變得跟平常不一樣了。

「治綸，你今天看起來好像變得更像專業的業務了！」

「好像變得更帥了！」

「哈哈，我本來就很帥啊！」治綸開玩笑回應。

「那麼帥哥，今天要交出來的報表不要忘記了知不知道？」

「啊對喔！」治綸大叫，昨天滿腦子只想著這件西裝的事，結果都忘記今天要把銷售報表交給主管了。

治綸抓著趕工打好的報表檔案傳給主管。因為這是臨時抱佛腳寫出來的東西，他想等等主管一定又會把自己叫過去，用一臉踩到大便般不爽的表情一直訓話。

過了三分鐘，主管走過來把治綸叫過去，他做好了會被罵的心理準備，低著頭來到主管面前。

「治綸啊。」

主管看著列印出來確認的報表，接著看了他一眼。

「你今天整理的報表感覺跟平常很不一樣，感覺得出來變得更用心了，這才是一個專業的業務該有的樣子嘛！」

「謝謝稱讚……」治綸發出附和的笑聲，但平時報表看得非常仔細的主管突然講這種話，接下來一定是要狠狠電自己一番吧。

「不只是資料沒有寫錯，而且還確實整理出每件產品的銷售理由，這才是一個專業的業務要做的事！我唸了你那麼久，你終於進步了，你肯做還是做得到嘛……」

結果主管不但沒有責怪自己，反而還說了許多稱讚的話。湊過來的同事們也熱烈地鼓掌，眼神帶著熱情的崇拜。

發生什麼事了？治綸慌張地看著身邊的同事們，他們的反應看起來非常認真，不像在開玩笑或捉弄自己。那個只是他臨時趕工寫出來的東西，平時他要是敢交這種報表出來的話，他早就被主管先電個十幾分鐘再說了。

為了讓腦袋冷靜一下，治綸來到茶水間泡咖啡。

當他把即溶咖啡倒進杯子裡面然後沖熱水的時候，旁邊突然傳來一陣驚呼。

「好厲害……這是專業咖啡師沖泡咖啡時才會有的動作！」

對方是隔壁部門的新人同事，治綸聽說他在入職前曾在咖啡廳裡擔任店員，對咖啡也有所研究。

「什麼，你說我嗎？」

「沒錯！駱哥你是在哪裡學的？我以前有看拿過證照的咖啡師泡咖啡的樣子，您剛才泡咖啡的姿勢很完美，就連一些細節的地方都有注意到，你以前有練過對吧？」

「哦，有啊……」治綸隨口亂掰，他根本不知道新人在講什麼，然後聽著新人興高采烈地稱讚自己。

拿著咖啡回到座位上後，治綸這才想通是怎麼回事。

這就是那個可愛的店員所說「專業氣息」的效果。

剛才他只是把報表交給主管，主管眼中的自己就變成非常專業的業務；只是在茶水間裡隨手泡了一杯即溶咖啡，新人眼中的自己就變成專業的咖啡師。

所以不管自己做什麼，這套西裝都會自動讓自己的專業形象提升到最高，這樣子就可以解釋一切了。

太不可思議了。明明沒做什麼特別的事，形象還是可以一直線上升，這件西裝是用什麼樣的技術製作出來的？催眠嗎？還是某種投影技術？治綸完全想不到這是怎麼辦到的，最後只能用魔法來解釋。

既然知道自己身上的西裝有這樣子的力量，接下來就不需要擔心業績拉不上來的問題了。

從這天開始，治綸每次在外面拜訪客戶的時候，一定會穿上這套西裝。西裝帶來的效果，證明那個正妹店員說的話是真的。

治綸光是穿著這套西裝站在客戶面前，什麼也不用說什麼也不用做，就可以直接給客戶一個專業印象，他們的反應就像看到一個有二十多年合作經驗的業務來拜訪他們公司那樣親切，不管治綸說出多麼天花亂墜或荒唐無稽的話，他們都會帶著笑容照單全收。

剩下要做的事就簡單多了。只要像平常的工作流程那樣向客戶介紹產品內容還有全力使用話術推銷這些產品，客戶們不到十分鐘就會樂意下單訂購，一天下來就可以達成以前要花五天才能達到的業績數字。

只花了十天，他就輕鬆超越了全公司業績排行第一名的業務。不只業績獎金輕鬆到手，就連主管還有經理都對自己刮目相看，這個讓自己煩惱了半年多都解決不了的問題，只花一星期就輕鬆解決了。

「哈哈哈哈……最近的業績表現真的太好了！」

在治綸跟女朋友謝佩蓉一起去吃飯的時候，他開心地笑著說，順便幫兩人都倒了一杯紅酒。

「好厲害喔，你最近做了什麼事，怎麼會突然業績成長這麼快？」

「沒什麼啦，因為我換了一個新的說法，讓客戶可以更瞭解我們的產品，所以他們才會知道我們家的產品有多好用，我有用功啊！」

就算治綸把西裝的事說出來女朋友也不會相信，所以他沒有講。

賺了這麼多錢，以後可以多吃一點好料了！

「不要太得意忘形了！」佩蓉半開玩笑地罵道。

「我會努力讓妳滿意的！」

託業績提升的福，治綸現在的生活也能過得奢侈一點了。

這套西裝的效果不限定於職場上的任何行動，就連下班以後的各種行動也會產生效果。

譬如說，當他在公園裡面散步時，有一顆足球從球場上滾到他的腳邊，他只是順便把球踢回去，就得到現場球員的滿堂喝采，彷彿見到專業選手的表演般興奮。

譬如說，他只是把揉成一團的紙杯順手投進路邊的垃圾桶裡面，路人們也會發出驚叫，還有人會靠過來問自己是不是某個職業籃球隊的球員，或是稱讚自己的投籃技術非常完美，要是現場有職業籃球隊的教練在的話，說不定還會過來挖角。

明明自己的實力沒有什麼變化，但周遭的人們卻都一致稱讚自己「相當專業」。

突然得到這樣子的結果讓他困惑不已。因為這並不是他自己的實力，靠著這種方式得到他人的認同讓治綸覺得有點不自在。

「我問妳……如果我說……假設我現在的成就，有一些其實是因為別人誤會我很強所得來的，那樣妳覺得OK嗎？」

某天兩人一起在一間義式餐酒館吃晚餐的時候，治綸有點不安地問。

「那有什麼關係？」佩蓉不太懂他的問題：「那也是你的形象所帶來的啊。因為你的形象很好，所以才會讓人有那樣的感覺，你說的誤會一定只是你覺得自己其實沒有那麼強對不對？那種事不要再想了啦，只要接受自己是有做出成績這件事，然後繼續努力下去就好了！你經營的形象也是你的實力之一，要創造一個好的形象也不是什麼簡單的事！」

聽到佩蓉這麼說，治綸心情感覺好一些了。

轉念一想，既然形象也是實力之一，那麼靠這套西裝得到的形象也該好好利用才對。這世界上有許多人想要營造專業的形象卻還什麼都得不到，自己應該要好好珍惜這樣子的機會才是正確的做法。

從這天開始，治綸也不在意這點小事了。

在需要拜訪重要客戶的上班日，治綸就會穿著這套西裝工作。西裝髒了也要洗，所以他也很小心地不讓西裝在工作時間弄髒，不然當天就會無法利用這套西裝帶來的專業形象。

但久了以後，治綸發現其實不用每天穿著這套西裝來上班也沒差。因為他在平常做的一些事情也會給人一種專業人士的印象，長時間累積的好印象會讓身邊的人用友善的態度對待自己，就算犯了錯也不會有太大的影響。

再加上他發現，要是自己穿著西裝的時候拍照上傳ＩＧ的話，那麼看到這些ＩＧ照片的使用者也會對他產生非常好的印象，人氣很輕易地就聚集起來，然後留下「擺盤好專業的料理！」、「一幅充滿專業水準的圖畫！」之類的留言，讓自己的名氣幾天之內就更加響亮。

名氣響亮起來的話，治綸發現一些廣告邀約也隨之上門，不管工作內容是不是自己擅長的領域，只要治綸穿著西裝隨便做一做，同樣可以獲得排山倒海而來的讚美。

治綸也以此為契機，開始認真地學習其他以前不曾想過要學的技藝。插畫也好、做菜也好、攝影也好，他想要讓自己的實力能更加符合得到的名聲。

於是，治綸的網紅副業也很順利地經營起來。有了副業收入以後，就算公司的工作稍微出點包沒辦法賺到足夠的獎金，對他來說也沒有太大的影響。

某天，治綸打電話跟公司請假後，直接到附近一間人氣很高的餐廳吃飯。

今天到這裡來當然不是單純地放假休息，而是他要挑戰拍幾張美食照片上傳ＩＧ。因為副業的工作邀約變多了，額外收入當然也跟著增多，他也逐漸開始不在意公司工作上犯的錯誤。

當主菜端上來的時候，治綸心情很好地邊哼著歌邊拿手機拍照。可以吃好吃的美食又能賺錢，治綸還沒做過這麼愉快的工作。

「不好意思，可以打擾一下嗎？」

這個時候，突然有人走過來向治綸搭話。

「請問您是誰？」治綸沒見過對方，他猜對方應該也是來稱讚自己的人。

「您好，這張是我的名片。」眼前的中年男性優雅地從口袋裡拿出一張名片遞給他，上面寫著「義明藝能事業股份有限公司　演藝經紀人　李剛旭」。

「演藝經紀人？」治綸感到半信半疑：「請問有什麼事呢？」

「我剛才聽到你哼歌的聲音。你真的哼得很好，我感覺得出來你有那種透過歌聲來表演的天分，而且還不輸給一些接受過專業訓練的學生……」

「請原諒我稍微打岔一下，我沒聽說過經紀人會像星探那樣主動跑來挖角，而且這個時代也從來沒聽說過有人會用這種方式找新人。」突然遇到這種事，治綸不禁懷疑這是不是某種新型詐騙手法。

「您說得沒錯，用這種方式來找人的確不是經紀人的工作。可是在聽過您剛才的歌聲以後，該怎麼說……我真的很希望您可以試著來我們公司瞭解一下我們的工作內容，還有找個時間好好聊聊。」

「您突然這麼講，我也不知道要怎麼說耶……」

「如果您對成為歌手這條路有興趣的話，隨時可以跟我聯絡。」說完，對方輕輕點頭，推開餐廳的門離開現場。

治綸完全沒有想過進軍演藝圈這件事。自己從小就對唱歌或演戲沒興趣，看到有新的歌手出道也不會特別關心。

不過這樣的機會可不是每天都能遇到。要是靠著西裝的力量進軍演藝圈然後發展事業的話，這肯定是一個鯉魚躍龍門的大好機會。

考慮一個晚上以後，治綸還是撥打名片上面的手機號碼聯絡那位經紀人。

隔天一早他請了一天特休，然後到那間經紀公司。

治綸沒有做什麼特別的事或特別的練習，就只是很普通地站在經紀公司的高層面前唱歌而已。當他完成三分鐘的表演後，他發現從一見面就一直板著一張臉孔的經理，如今居然低著頭頻頻用面紙擦眼淚，手也顫抖不止。

「請問你真的沒有接受過任何歌唱訓練或表演訓練嗎？」

「是的，我是新人。」

「新人……我在這行幹了三十幾年，還沒看過完全沒接受任何訓練就能唱得這麼好的新人！」那位高層激動地從座位上站起來喊道。

「合格了，我從你身上可以感受到一個專業歌手該有的素質，要是你願意加入我們，那我們也一定會保證帶你走上一條璀燦光明的道路！」

治綸完全不敢相信自己的耳朵聽到的話。

「謝謝……那個，我真的唱得不好聽，對演藝圈也真的不瞭解，但是既然您願意給我這個機會，那我也會盡全力努力下去……」

「歡迎你加入我們的大家庭！」

他用充滿感激的聲音答謝經紀公司的邀約。

從那天起，他正式踏入演藝圈的世界。

靠著魔法的力量，治綸的人生真的邁向有史以來的最高峰。

他在短短幾天內就以超耀眼新人歌手的身分出道，光是站上舞台讓大家看到他的模樣，就可以讓舞台下的三百名觀眾們像看到救世主登場那樣震懾不已。再開口唱歌，觀眾們都感動到流淚外加尿失禁，他的歌聲帶來的喜悅毫無疑問地就是他們人生中的最頂點，就連現場到處飄散尿騷味都沒發覺。

治綸的出道演唱會是一場超級成功的表演，他讓許多人在半小時內就記住了他的名字，也讓他自己一夜之間成為許多社群平台上的話題人物。在他聽來，自己的歌聲其實沒有任何變化，這一切都只是身上這套魔法西裝的效果。

但這就跟許多突然在網路上爆紅的人物一樣，在治綸眼裡他們也不是什麼有特殊才能的人，就只是有一天做了一點與眾不同的事，於是人氣突然竄升變成超級偶像。

自己也一樣只是抓住機運而已，這不是什麼特別需要感到罪惡的事。

這個時代本來就是名氣大於許多因素，只要能先變得有名，剩下的可以慢慢補足。

那天開始，他辭掉原本的業務工作。本來誇他做得很好的主管一臉錯愕，同事們也完全沒料到會有這種事發生，有人發出驚呼，有人表情一臉茫然。

既然有更好的選擇，治綸當然不想繼續待在這種每天都被業績壓力壓得喘不過氣的地方。他在自己的出道演唱會上感受到前所未有的成就感，他確定成為歌手才是最適合自己的一條路。

他的人生簡直就是一個活生生的童話故事，就像得到魔法的灰姑娘搖身一變成為高貴的千金小姐的現實版。

「我們分手吧。」

在治綸出道成為歌壇史上最強的新人歌手後的三個月，他對佩蓉提出了分手要求。

「為什麼？」佩蓉在他出道的時候也真心為他感到開心，他突然提出這種要求讓她腦袋一片空白：「我有什麼讓你不滿意的地方嗎？」

「沒有，只是……我覺得自己現在沒辦法常常跟妳見面，妳繼續跟我在一起也不會得到什麼幸福，所以我還是不要耽誤妳的時間比較好。」

這種話一聽就知道只是個想分手的藉口，佩蓉也大概猜得到為什麼，沉默了一會兒後，佩蓉不禁流下不甘願的眼淚，收拾自己的東西然後離開他的公寓。

治綸在成為歌手以後，人際圈也隨之擴展，當然就有機會認識更多社會地位比佩蓉更好的女孩子。他跟吳庭卉是在一場晚宴上認識的，庭卉是白手起家的女性企業家，已經有自己的原創品牌，治綸跟她聊了幾句話，發現彼此都覺得聊得來，互相加LINE以後私底下也見過好幾次面。

在確認自己比較喜歡庭卉以後，治綸決定跟曾經鼓勵自己的女朋友告別，然後與庭卉一起開創新的事業。這才是真正的理由。

治綸繼續利用西裝的力量為她的品牌聚集人氣，不論是誰——尤其是那些曾經對他嗤之以鼻的人——在見到面以後全部都被他的個人魅力迷倒了。西裝扭轉印象的力量對各種男女老少都有效，從擁有多年從政經驗的官員到三歲小孩，治綸沒遇過任何例外。

有了強大的形象，要做生意當然輕而易舉。庭卉的品牌在治綸的幫助之下銷量扶搖直上，各種購物平台排行榜上都看得到她的品牌產品，大家只要看到治綸穿著西裝微笑說幾句：這個超棒的，大家快來買！這種簡單的台詞（事實上也只要這樣講就夠了），消費者們就會心甘情願地把產品加入購物車，連新的推銷話術都不需要。

「你那些專業知識到底是怎麼學的啊？」

某天晚上治綸跟庭卉在高級餐廳約會的時候，庭卉好奇地問道。

「沒特別學習啊。我只是像學生時代唸書那樣學一些業務會用到的技巧，然後在生活中實踐而已，這種事妳肯做的話妳也做得到啦。」

「真的嗎。」庭卉笑一笑：「你真是個不可思議的人呢。明明在台上唱歌還有推薦產品時給人非常專業的感覺，簡直就像十項全能的超人，但換上普通的休閒服裝出來約會，看起來卻又跟普通人沒什麼兩樣。」

「哈哈哈……」治綸苦笑。

「不過這種好像有點反差的感覺，我也很喜歡。很迷人喔。」庭卉開心地露出微笑。

要是她知道西裝的祕密，一定會大失所望，同時也等於告訴庭卉這一切都不完全是自己的魅力，因此治綸也不打算把西裝的祕密告訴她。

「不管是哪一種我，全部都是我個性的一部分，我還是沒有變啊。」

「哈哈哈，每一種我都很喜歡喔。你下下個星期三晚上七點有空嗎？」

「我記得那天沒有行程，怎麼了？」

「因為我的公司品牌最近銷路超好，賺了好多錢，我想要在那天晚上舉辦一場慶功宴，最大的功臣當然要到現場跟大家一起HIGH啊。」

「非常榮幸，那我還要準備什麼表演節目嗎？」

「你隨便唱幾首歌，大家就會聽得很開心了啦。」

慶功宴選在市區一棟有四十層樓高的酒店頂樓舉辦。

頂樓是專門提供給ＶＩＰ客人使用的多功能觀景宴會場，而一旁的游泳池設計也相當豪華。除了設有ＶＩＰ客人專用的SPA專區與三十間專屬淋浴間，天花板用文藝復興風的大理石人像雕塑裝飾，宴會場邊種植真正的樹木來點綴景觀，以大片落地窗為背景，讓客人在舉杯慶祝之際也能欣賞這片都市美好的風景。

來參加慶功宴的人都是跟庭卉有合作關係的商業夥伴，從二十幾歲的年輕人到六十幾歲的商場老手都有。他們一見到穿著西裝的治綸，馬上露出彷彿見到認識多年老友般的笑容打招呼，治綸也用業務時代練就的親切笑容招呼客人。

「駱大哥，您真的是個多才多藝而且充滿專業感的人呢！不只是唱歌表演非常好聽，就連為產品代言也那麼得心應手！」

「沒什麼特別的，在我歌手出道以前就是當外面的公司業務，這種事對我來說比去便利商店買飯糰還要簡單！」

「真是游刃有餘的反應！不愧是專業人士！」年輕客人笑著稱讚。

客人之中也有一些是治綸的粉絲，一來就興奮地希望治綸能幫他們簽名，治綸露出隨興的笑容簽名，他們的反應很開心。

現在治綸幾乎沒有特別練習任何技藝了。反正不管自己做得多好或做得多差，最後都會得到專業的讚美，練習根本就沒有意義。

許多人一生想要追求的東西，治綸靠著這套西裝的力量一下子就弄到手了。名聲、金錢、愛情、生活品質、更好的社交關係……雖然還有許東西尚未獲得，但只要錢賺得夠多，總有一天一定可以弄到手。

「駱大哥，要不要演唱幾首歌讓現場氣氛變得更HIGH啊？」

在慶功宴進行了約十分鐘後，突然有人熱情要求治綸為大家表演節目。

「當然沒問題！那就唱我最近的新曲《簡單的愛》吧！」

治綸馬上拿起麥克風站到會場中間，在確認所有人的目光都聚集在自己身上以後，這才開始唱歌。

自己的歌聲明明從以前到現在都沒有任何變化，但現在聽到自己唱歌的人卻變得這麼感動，對治綸來說真的很值得開心。

聽到超新星歌手唱歌，現場氣氛立刻HIGH到最高點。治綸興致高昂，接著居然站到餐桌上輕輕跳舞，現場的來賓看到他跳舞的樣子更高興了，興奮的模樣彷彿看到國際舞王的表演那樣興奮。

「好棒好棒，繼續跳！」、「氣氛一整個超爽！」

來賓們也跟著一起手舞足蹈，再加上現場播放的電音舞曲，所有人都沉浸在開心的氣氛之中。

喝了幾杯雞尾酒，已經有點醉意的治綸開始表演自己從來沒練過的街舞。但因為從來沒練過的關係，他不只在跳舞的途中不停跌倒，動作還生硬到一看就知道是完全沒練過的門外漢。

即使如此，還是沒有人吐槽他「跳得有夠爛」，在西裝的魔力加持之下，所有人的反應依然跟看到國際街舞比賽總冠軍的表演般痴迷，有人還不停拍手叫好，也有人因為感動過度而陷入昏迷。

這時，不知道是誰突然對著治綸叫了一聲：「舞王，再表演一些更屌的東西給我們看吧！」

「好啊！」治綸也熱烈回應，他這時腦中靈光一閃，想到一個絕對能吸引目光的表演內容。

「我現在就表演……站在這道圍籬的邊緣上面跳街舞的特技！」

這裡是四十層樓高的頂樓，四周當然設置了比人還高的玻璃圍籬，如果摔下去的話絕對只有死路一條。

而且這裡沒有任何人相信治綸會出任何意外，全場一致鼓掌贊成：「好耶！大家都想看！」

在眾人的慫恿之下，治綸爬上玻璃圍籬，接著站到圍籬的頂端。

「YO！來表演吧！」

在高喊一聲後，治綸開始在連站立都有困難的圍籬頂端舞動四肢。一陣夜風吹來，他的腳只要踩錯一步就有可能永遠無法挽回。

「搖啊搖啊！帥喔！」、「潮到爆了！」

來賓們一起叫好，就連庭卉也抓著玻璃酒杯為他加油。

只見他動作有點不平衡地高舉雙手搖來搖去，連他也忘記自己不只不會跳街舞，而且狀況還很危險的這項事實。

「大家看好了……我現在要在圍籬上面表演地板舞！」

治綸試著在連站立都有困難的圍籬上倒立。

一個不穩，治綸的手一滑，他的身體從圍籬上摔落。

周圍發出一陣驚叫，所幸他不是往後摔落四十層樓的高空，而是往前摔到地板上，但這陣痛覺還是強得讓他發出哀嚎。

觀眾們發出一陣熱烈的鼓掌。

「不愧是超級歌手，就連摔到地上的樣子都充滿專業感！」

一位來賓開口稱讚，其他人也紛紛附和：「對啊對啊！」、「比專業特技演員還要專業！」、「百年難得一見的精彩演出啊！」

痛得只能躺在地上的治綸說不出話，只能發出呻吟聲。

除了因為他剛才重摔到地上以外，他的身上還插著一把刀。

因為他跌落到餐桌上，一把切水果用的水果刀正好因為衝擊插進他的腹部，現在他的肚子血流如注，西裝也被血染成紅色。

「救我……救我……」

治綸用細微的聲音求救，然而一旁的來賓們沒有伸出援手，而是繼續鼓掌叫好。

「好厲害哦！那把刀插進肚子裡的角度就像黃金比例一樣，看似簡單，可是插得很完美！這就是大師級的表演！」、「好強大！」

只見流到地上的血越來越多，但依然沒有半個人願意報警叫救護車或幫助他。

為什麼會發生這種事？

痛到完全酒醒的治綸，現在腦中只有懊悔。剛才要是沒有耍帥變做那種有勇無謀的表演，現在自己應該還是好好地跟女朋友還有她的生意夥伴們一起開心喝酒才對，而且怎麼都沒有人要幫自己的忙？

這時的治綸完全沒有料到，這一切都是西裝的威力。

西裝能夠讓穿上它的人不管做什麼、說什麼，看起來都像是業界最頂尖的專業人士；反過來說，就算穿著西裝的人遇到意外大聲求救、掙扎，在受到西裝的力量影響的外人眼中，看起來也像某種傑出的表演藝術。

大家依然不停鼓掌叫好、拿著手機拍照，但沒有人要幫助他。

從他體內流失的血液越來越多，他的意識也越來越模糊，眼前也變得一片黑暗……

※

兩小時後，大家終於發現駱治綸死了，然後開始驚慌地叫救護車。

不知道什麼時候出現的白雨芯，站在不遠處看著治綸的屍體。

「呵呵呵……」

雨芯優雅地用手掩著嘴巴，反應像在看到什麼搞笑喜劇或笑話般，一直忍住笑意那樣輕笑著。

「借用根本不是靠著自身實力得來的形象與名聲，享受完各種榮華富貴後，真的以為自己可以做出跟超人一樣強的事，人類就是因為這麼愚昧，所以才能帶給我這麼多快樂！」

如果有人把那件西裝從屍體身上脫下來穿在自己身上的話，那他也會得到同樣的力量，不過沒有人膽子大到敢把沾滿血跡的死者衣服拿來穿吧。

治綸因意外身亡的消息震驚全社會，媒體們紛紛以「新星殞落！新人歌手駱治綸在派對上因意外重傷不治」為頭條標題，大肆報導這件事。

雖然有兩名少年少女不停找尋著關於魔法商店的線索，但因為他看起來只是個才華特別出眾的歌手，這件事並沒有引起他們太大的注意。

第四章　言聽計從蠟燭

「您好，歡迎光臨……」

站在便利商店櫃檯前的三十六歲男性店員彭名謙用有氣無力的聲音向客人喊著。客人完全不理他，直接走向冰櫃拿飲料。

——可惡，竟然敢瞧不起我！名謙在心裡暗嗆那個客人。

自己現在只是暫時沒有得到賞識，所以才會暫時在這種地方打工而已，等到機會來了，就讓你們見識自己出類拔萃的實力，還有身為天才資優生的力量！

自己現在一天到晚都要服務這種不把自己當一回事的客人，或是整天只會問一堆白痴問題的低智商客人，真的讓人氣到快要當場嘔吐出來。面對奧客真的是世界上最有害身體健康的事情。

至於說到名謙為什麼會在這裡當打工店員，就說來話長了。

彭名謙一生中最自豪的，就是他從國中到高中都是前段班的資優生這件事。他每次期中考、期末考、模擬考拿到的成績都是全班最高，當時的導師也說自己是全班最有前途的人，要考上名校熱門科系絕對不成問題。

相比之下，班上其他成績排不進前十名的同學們都是一群廢人。名謙從來沒把他們當成同伴看待，只把他們當作一群苟且偷生的廢物。與其浪費時間跟這種人說話，還不如繼續唸書證明自己的領導價值。

雖然不是進入第一名的大學，但畢業以後名謙還是進入一流學府的熱門科系就讀，其他人只能就讀勉強還算不錯的國立大學。名謙一直在嘲弄那些同學，就連半夜在大學宿舍裡拿出以前的成績單時，都會忍不住笑出聲來，因為這些同學們的人生，本身就是一個天大的笑話！

他這時還沒想到，自己的人生巔峰已經過去。

因為他在進入大學以後，感受到學校裡還是有許多跟自己能力相當的同學存在。不過這時的他只是覺得這裡是菁英聚集的地方，會有這麼多有能力的人在一起很理所當然，自己也沒有任何輸給他們的感覺。

在大學畢業以後，名謙也進入知名貿易公司工作。首先，他發現自己在辦公室裡面被主管罵的次數，遠比在教室裡被老師罵的次數多出很多。明明自己的表現比其他人還出色，可是主管每次都在挑自己的工作態度來罵，而且還指明自己態度過於散漫，而且對待其他同事態度傲慢。

人太出色就是會被嫉妒啊，唉。完全不覺得自己態度有問題的名謙心想。

因為這個主管讓他太不爽，所以他做了一個月就辭職走人，接著來到另一間網站設計公司就職。反正優秀的菁英到哪個業界都能立刻變得駕輕就熟，他不在意馬上轉職的事。

名謙在這裡果然也混得很好。才一下子的時間，他已經升到管理階級的職位。名謙打算在這裡做一段時間，接著到國外的企業繼續發展，這就是他的人生規畫。

但是名謙在這裡遇到第二次大挫敗。

因為他的下屬向上級報告，名謙會在辦公室裡面用言語霸凌他們。

在名謙手下工作的人一個個都是沒屁用的笨蛋，因此他就拿這些廢物平凡人當出氣筒，整天故意挑他們毛病羞辱他們，或者故意在他們說的話裡挑毛病，看他們害怕發抖不敢回話的模樣為樂。

但名謙沒想到他們竟然敢向自己反擊。上級收到他對下屬們人身攻擊的錄音檔後，隨即對他做出降職處分。

那些眼睛全瞎掉的上級長官，竟然只是因為自己多嗆了那些凡人幾句就讓自己降職！那些廢物屬下也是，才被罵幾句就要反擊，他一開始就不該指望廢物能做出多有能力的事情。

於是名謙又辭職離開那間爛公司。

但接下來他沒有再找到更理想的工作。經濟每況愈下，好的工作難找，就算有找到一、兩個職缺，這些公司的上司們也都完全看不出自己身上的才華與天分，整天只會罵名謙態度高傲、配合度差，不然就是丟一堆根本沒教過的工作，等名謙失敗以後再當眾侮辱他一番，這種地方顯然不是讓天才大顯身手的場所。

於是同樣的過程重複好幾次後，近十年的光陰過去了。他本來不想在只能領時薪的地方浪費時間，現在只能在便利商店當打工店員。

這個世界對他不公，沒有給他資優生該有的光明未來。所有人都嫉妒他的才華，所以才排擠他、霸凌他，還站在那些低成就笨員工那邊攻擊自己，現在就連自己的爸媽都看不下去，把自己當成無法生產的米蟲，他跟家人已經冷戰好幾個月沒講話了。

這就是高學歷天才菁英的宿命，唉。要是他現在低頭的話就輸了。

這時候，有一對夫妻牽著女兒走進來。名謙馬上對著他們喊「歡迎光臨」，那個女孩還高興地跟爸爸撒嬌，一家三口看起來很幸福。

名謙突然覺得那個爸爸有點眼熟。

「喂……你是以前三年二班的那個吳昱成嗎？」

他想起對方是誰了。他是以前高中班上的同學吳昱成，每次成績都在班上吊車尾的那個人，同時也是身為菁英的自己最瞧不起的對象。

名叫吳昱成的爸爸也認出店員的臉，同樣發出驚叫：「是你！彭名謙！」

「為什麼你會在這裡？你結婚了？」名謙難以置信：「怎麼可能……真的假的？」

像他這種成績差到不行，連班導都說他未來沒有任何希望的人，怎麼可能結婚生子，還過得比自己幸福？哪邊出錯了？事情怎麼可能會變成這種樣子？

「為什麼不可能？」

冷靜下來的昱成明白他剛才那句話的意思，反問：「那你又在這裡幹嘛？打工嗎？」

名謙沒回答他的問題，繼續問：「你現在年收多少？為什麼你這種人可以結婚？」

「爸爸，你認識這個人嗎？」昱成的女兒用天真的語氣問。他摸摸女兒的頭要她等一下，然後繼續回答：

「你這個人也還是跟以前一樣討厭。幾十年沒見面，第一句話就問人年收多少，我拒絕回答這種隱私問題。」

「那你現在在哪間企業上班？年終多少？開什麼玩笑，你這種人生失敗組怎麼可能會這麼幸福？」

昱成的老婆也不禁向昱成使眼色，要他別再說下去。在她眼裡彭名謙只是個不懂禮貌的怪人。

「提醒你一件事吧：學校的成績不代表人一生的成就。我以前在學校成績不好，不代表我不能過幸福的生活。」

「……」

「你知道我現在過得怎麼樣要幹嘛？像以前在學校裡比誰成績最高那樣，繼續嘲笑我比你爛嗎？省省吧，你的這種問題完全讓人看清你的內心有多自卑。」

一家三口什麼也沒買就直接離開便利商店，只留下一臉震驚的名謙站在原地。

在名謙的心目中，吳昱成那種名字永遠出現在成績單最後面的人就是社會魯蛇的代表，而且一輩子都無可救藥。

他還清楚記得以前昱成在午休時間被班上同學惡作劇的情景。那時，別班同學會把廚餘桶裡的廚餘倒在他桌上，讓他的課本還有制服外套都沾滿噁心的飯粒、剩菜還有湯水的臭味。全班沒有人幫他，因為他是班上成績永遠的最後一名，受到那種待遇是天經地義的事。

名謙堅信自己跟那種廢物不一樣，未來等待他的是一條光明之路，而那種人就該註定一生悲慘。

結果現在居然反了過來，過悲慘生活的反而是自己，成績爛的人竟然過得比自己幸福，這算什麼！

「這個世界真不公平……」

下班之後，名謙走在路上邊喝啤酒邊咒罵。自己身為資優生的不幸跟低成就笨蛋的幸福模樣，在名謙的腦中形成對比，讓他作嘔想吐。

「那種萬年社會底層成員，居然敢這麼囂張……怎麼只有我過得這麼不好！為什麼最後輸的人是我！」

名謙腦中突然閃過一個強烈的念頭。向他復仇，然後要讓吳昱成回到他應得的道路上，也就是讓他繼續過著像地獄一般的悲慘生活，他要奪走吳昱成的一切，讓這個世界知道誰才是真正的人生勝利組！

有幾隻流浪貓在路邊休息。名謙想著想著火氣一來，便朝著其中一隻流浪貓一腳踢下去。那隻貓被踢得滾了幾圈，發出刺耳的慘叫聲。

顧不得被人發現就會揹上虐貓的罪名，他還想再踢第二腳洩憤，但這時某人比他早一步把地上的流浪貓抱進懷裡。

「要練習射門請到球場上，不要欺負可愛的貓咪喔。」

眼前的少女輕柔地撫著懷裡的流浪貓。那隻被踢的可憐貓咪在少女的撫摸之下，身上的傷口如奇蹟般癒合了。

名謙本來不想理會她，但對方可愛的臉蛋讓他不禁繼續盯著她看。

少女染了一頭像在cosplay般的淡藍色頭髮，還擁有充滿魅力的墨綠色瞳孔，臉蛋也比名謙見過的各種女生還要可愛，身材看起來也相當不錯。

「哼。」

「是什麼事情讓你這麼生氣呢？」

「妳這種普通凡人解決不了的問題。」名謙用酸溜溜的口氣回答她，他連跟陌生人對話的基本禮貌也沒有。

眼前的少女聞言，不禁呵呵笑了起來。

「對我來說，世界上幾乎沒有什麼我無法解決的問題喔。就算要一天之內賺到一千萬也易如反掌！還有像我這麼可愛的女孩子，看起來像凡人嗎？」

「所以妳是哪個財團的千金小姐嗎？我對妳沒印象耶。」

「嘿嘿，你到我的店裡面來看看就知道了！」

看著對方是個可愛的美少女的份上，名謙決定乖乖聽她的話。反正能跟可愛的女生講話也沒什麼壞處。

他跟著神祕少女穿過幾條街道，來到一條陌生的商店街。在黑暗的夜色中，有一間商店招牌的光芒特別顯眼。

上面用優雅的字體寫著「德吉洛魔法商店」七個字。

「歡迎來到我的店面，我是這間商店的店長喔！」

「魔法喔，那妳可以讓世界上所有人都乖乖聽我的話嗎？」名謙現在心情差到不行，於是隨口說出他現在的願望。

「還真是充滿野心的願望呢。」少女微笑地說道。

「我是世界上的優秀菁英，這是理所當然的野心好不好。妳做得到嗎？」

他說的這個願望當然是內心真實的想法。他是菁英，這世上的所有人看到他都該像見到王者一樣全員跪倒在他的王座前面膜拜才對。

「當然沒問題，只是價格會相當貴喔。」

兩人一起進入店裡，裡面的裝潢相當不錯，但是看起來跟魔法扯不上關係，只是一般的生活雜貨店而已。

少女走進店裡最後面的倉庫裡，過了一會她拿著一件讓名謙相當意外的商品回來。

「蠟燭？」

少女拿在手中的紙盒裡裝著的東西，怎麼看都只是普通的綠色蠟燭，造型看起來像在吃燭光晚餐時用得到的那種。

「這不是普通的蠟燭，這是『言聽計從蠟燭』。」少女介紹。

「只要在這根蠟燭點燃的時候對著對方說出你的命令，就能夠讓對方像催眠般完全照著你的命令行動。」

「世界上真的有這麼方便的東西嗎？用什麼樣的科學原理製作而成的？又是哪個國家開發的技術？」

「祕密，唯一可以告訴客人您的就只有這是魔法而已，不是用科學原理可以解釋的事物。」少女臉上掛著一抹神祕的笑容。

「它有用嗎？證明給我看。要是讓我發現妳在騙人的話，我會立刻聯絡我的律師對妳進行詐欺提告！」

「沒問題！」少女一口答應，接著用打火機點燃其中一根蠟燭。

蠟燭點燃時散發出薰香般的香味。同時，少女也對著名謙開口：「用剛才踢貓咪的力道踢你自己的腳踝。」

不懂少女要幹嘛的名謙，這時突然抬起左腳用力朝自己的右腳腳踝踢下去。這個動作害他一個重心不穩，整個人直接摔倒在地上，而且他的腳踝現在超痛。

「好痛啊……我怎麼了？為什麼會突然跌倒？」

回過神來發現自己突然倒在地的名謙連忙爬起來，身上仍殘留重摔的痛覺，腦袋卻空白不知道剛才發生什麼事。

那種感覺就像身體被強制遙控般，做出自己完全不想做的動作。

「我剛才叫你踢你自己，所以你跌倒了。而且你從頭到尾都沒有意識到你在做什麼對吧？這就是這根蠟燭的力量。」

就像少女說的那樣，自己剛才那短短幾秒好像被洗腦似的，只有一點點朦朧的感覺存在。

「要命令對方做什麼都可以嗎？」

「沒錯，只要不是叫對方在五分鐘內從地球飛到月球上那種違反地球物理學的誇張命令，任何事情都可以喔！」少女的嗓音像是在誘惑著名謙：

「很心動吧？這種機會可遇不可求，只要擁有言聽計從蠟燭，你的野心很快就能得到實現了！」

「當然要。」名謙只要一想起吳昱成一家人幸福的模樣，一股怒火便燃起。

「我明白了，那我這就為您包裝好。這組蠟燭的價格是……」

名謙從口袋裡掏出十五張千元鈔票，豪爽地丟在櫃檯上。那是他的積蓄的三分之一。

「這些夠嗎？不用找零了。」

「謝謝您的惠顧！」少女收下鈔票，遞上包裝好的蠟燭與收據並誠摯道謝。

「如果產品有問題，歡迎七天內來退貨！對了，在這邊順便提醒您一件事！」

名謙轉頭看著店員。

「就算您得到『言聽計從蠟燭』的力量，也請您不要妄想利用蠟燭的力量支配這間商店的任何一切，不然我會好好懲罰你的喲！」

店員用調皮可愛的聲音說著相當可怕的話。

「我才不會浪費時間做那種事，想太多了。」

因為名謙現在腦中只有想要向吳昱成報復的念頭。

※

「最近拿到的都是一些沒什麼用的商品呢。」

直純對著坐在桌子對面吃晚餐的映恆感慨地說道。

今天江直純與桑映恆一起去主題樂園玩。因為主題樂園推出了「傍晚兩人同行，門票六折」的優惠，於是映恆便約了直純一起到這裡玩。

可以跟直純一起玩各種遊樂設施，映恆也覺得很高興。最近為了打倒魔法商店而幾乎每天相處在一起的兩人，距離也變得更親近，這樣的生活讓總是獨來獨往的映恆感受到從未體驗過的幸福。

「那些商品既沒辦法找到魔法商店的位置，也沒辦法真的打敗店長，我們也用不到。」

「至少阻止那些客人的目的達成了。」映恆安撫直純。

「這樣子一來，那個人至少會知道我們會繼續妨礙她玩弄人類。」

「嗯……她不會怕吧。」直純用半開玩笑的語氣說。

擬定的計畫中，其中一部分雖然是準備可以對付白雨芯的武器，但子彈對惡魔有沒有用也還是未知數，所以各種能用的東西還是都準備好比較保險。

映恆想起先前曾考慮過到魔法書店尋找新工具的這件事，雖然那毫無疑問就是跟另一個惡魔交易，但如果各種手段都沒用的話，自己最後也只能選擇這條路吧。

問題是，到時候該用什麼來跟魔法書店買東西？

上次雖然知道魔法書店接受現金，但價格至少也要黃金三百盎司或美金六十萬元，自己的預算頂多就只能買一本書而已。

還要再買的話……最壞的情況就是出賣靈魂了，他一點也不想這麼做。

「算了，今天就不要想那麼多，一起來玩吧！」

直純抓著湯匙，興奮地在空中揮來揮去。

「我們一起努力那麼久都沒有休息，早就該放個假了！一直跟那些客人溝通還有搶走他們的商品，做久了也好累啊！」

「我還以為妳會為了幫朋友報仇一直持續下去。」

「會啊，不過再怎麼努力的人也需要休息嘛！而且她們最近已經恢復得差不多了，現在都已經回家休養身體，除了要擔心那天的事情會不會造成心理創傷之外，其他的我想沒什麼好擔心了！」

「沒事就好了。」

至少她的朋友們還有機會康復。

「等一下一起去看那邊的粉紅兔兔展吧！粉紅兔兔還有黃色兔兔都好可愛，好想抱！」

今天的樂園場地舉辦了粉紅兔兔展，直純超喜歡這些軟綿綿的可愛兔子，為了找人一起參加兔兔展所以才找映恆來這裡玩。

「妳喜歡兔子？」

「喜歡啊，但是我們家不能養兔子，所以我只能抱這些絨毛兔兔，真可惜！」

「我也沒有在家裡養過狗。」映恆回憶起自己的童年：「除了沒錢之外，舅舅家也不適合養寵物，未來要是可以搬到能養狗的地方就好了。」

「等打倒魔法商店之後，我們再一起想接下來要怎麼享受吧！」

直純抓著放在拍照區讓客人用來擺拍的兔兔道具，開心地拿手機自拍。

「從你以前說過的話來看，除了一直追著魔法商店的蹤跡，對其他事情好像都沒有興趣；要是我們找到辦法打倒魔法商店，就開始想想還可以去哪玩吧！人生可不是只有戰鬥而已喔！」

直純說得沒錯，這段時間自己的生活真的緊繃到了需要放鬆一下的程度。

「好啊。」

映恆看著直純的笑容，在這一瞬間，他覺得內心重擔好像全部消失般輕鬆。

「那這幾天就休息，還有準備妳自己的考試吧，想要推薦我去哪裡玩、去吃什麼也都OK。」

「耶，太好了！」

※

跟朋友吃飯吃到十點多的上班族林建泰提著公事包來到捷運站附近的公園。

剛才前公司的同事突然傳訊息給他，說有急事叫他到這裡來。這種深夜裡約人出來的行為感覺有點怪異，但對方是以前在公司站在同一陣線對抗惡劣主管的夥伴，建泰相信他不會無緣無故戲弄自己。

到了公園，四處都沒見到前同事的影子。他回傳訊息：「我到了喔　你在哪？」，但遲遲都是未讀狀態。

建泰直接撥電話過去。不遠處的黑暗樹林裡傳來手機鈴聲，那裡還能看到微弱的燭火。

「喂，建宏，你在……」

正要走過去的建泰突然停下腳步。

有人浮在半空中……不，是吊在半空中。建泰用手機光源一照，發現那竟然是四具在公園樹下上吊自殺的屍體！

「哇啊！」

建泰嚇得往後跌倒。四人都是以前曾經一起笑著在下班後吃飯喝酒的同事，現在卻變成這副淒慘的死狀。

剛才看到的燭火朝著他靠近，那人竟然是以前故意霸凌他的主管彭名謙！

「你做了什麼……你殺了人……你想害我……」

名謙看著見到屍體就語無倫次的建泰，愉快地笑著。畢竟這四個人都是他的前同事，他會有這種反應也很正常。

「好久不見了，當年陷害我的廢物。」名謙的嘴角醜陋地上揚。

「你想幹嘛……你想要錢嗎？我身上只剩幾千塊了，這些給你你放過我……」

名謙的鼻子發出嗤笑：「錢？不用啦，我隨便賺都比你們這些社會底層的月薪還要多。看到這條繩子了嗎？我要你現在也去上吊。」

明明是超荒唐的話，但建泰聽到命令以後腦中突然變得空白，他像機器人一樣毫不抵抗地拾起名謙扔在地上的繩子，打好結固定在樹幹上以後，把繩結套到脖子上。

幾分鐘的掙扎後，林建泰變成第五具吊死屍體。

「哈哈……嘿嘿嘿哈哈！」

確認目標已死，名謙吹熄燭火發出笑聲。不論是繩子還是五人的隨身物品都沒有留下他的指紋，剛才他也沿著不會被監視器拍到的路線來到這裡，屆時警方也一定會以集體自殺結案。

這根言聽計從蠟燭真的太棒了。雖然那種用催眠來命令對方的套路在電視劇或電影裡看過很多次，但實際體驗後，才知道這是多爽的事。

現在名謙第一個心願已經實現。他讓這些當初向高層檢舉自己的部下們都去死了，下一個目標就是吳昱成。

在這五個人之前，名謙已經用現在打工的便利商店店長做過實驗。他命令店長到街上喝水溝裡的污水喝到死為止，然後店長就像聽話的狗狗般，搬開店門外的水溝蓋，跳進水溝大口暢飲裡面的水。在那之後，店長就被緊急送進醫院，現在應該已經順利死掉了。

在便利商店裡面仗著前輩身分找自己麻煩的店員，名謙也命令他把自己關進倉庫裡的冷凍櫃裡八個小時，他現在應該同樣被活活凍死在裡面了。

多虧這根蠟燭，他的自信也取回不少。但接下來就不能再一次殺那麼多了，這樣會讓警方懷疑到自己身上，要一個一個慢慢動手才行。

一下子就把吳昱成推進絕望深淵就太無聊了，他要慢慢折磨這個社會底層分子，讓他慢慢品嚐自己這段時間體會過的痛苦！

他的第一步是先找出吳昱成目前的住處、公司等基本資料。這個只要花錢請徵信社調查一下就好，連用到魔法蠟燭的力量都不需要。

目前吳昱成人在一間寢具公司擔任業務，老婆在百貨公司的高檔超市裡當收銀員，唯一的寶貝女兒就讀國小三年級。這間寢具公司的規模在國內算中等，所以進這種公司也不是什麼了不起的事。

名謙邊想像著如何破壞他的生活，邊發出惡劣的笑聲。

先從他身邊的東西下手好了。

下一步，名謙在晚上的時候到車站附近的地下道裡，隨便找一個熟睡的遊民然後命令他：「去把吳昱成的車子砸爛。」這根蠟燭對睡著的人也有用，睡著的遊民立刻起身走出地下道，一路走了快二十分鐘，終於來到昱成的汽車旁，他拾起路邊的磚頭就朝著引擎蓋跟擋風玻璃重重砸下去。

「是誰！」

聽到聲音的昱成馬上衝出來，看到那個遊民彷彿喝醉酒似的不停砸自己的愛車，馬上撲上去制止。

這時他的車已經被砸到擋風玻璃半毀，引擎蓋也像月球隕石坑那樣傷痕累累。

「你在幹嘛、快停下來……快住手！」

被昱成推倒的遊民脫離蠟燭的魔法控制清醒過來，他看到自己突然從地下道瞬間移動到沒來過的巷子裡，不禁嚇了一大跳。

「老婆，快報警！這個人砸我們家的車！」

昱成老婆走出來，被眼前景象嚇壞了，馬上跑回室內打電話報警。躲在旁邊看戲的名謙不停憋笑，看到他不幸的樣子就是讓名謙開心。就是要這樣子才對，失敗的人就該像現在這樣不幸才對。

半小時後，那個可憐的遊民被警方逮捕，昱成的車也幾乎毀了。不過這只是前戲，接下來名謙還會繼續讓他慢慢品嚐更絕望的滋味。

隔天，名謙展開另一場行動。

根據徵信社提供的資料，吳昱成在他任職的寢具進口公司裡面是個成績相當不錯的業務，在客戶間的評價也很好。看到這名謙又不禁感受到這個世界的不公平，如果是天賦異稟的自己來做的話，隨隨便便都可以超越這種人的成就！

要是能把吳昱成這些年來辛辛苦苦累積起來的成果毀掉的話，那一定爽度爆表！

名謙在調查清楚與吳昱成合作的客戶名單以後，便親自上門拜訪那些跟他的公司有合作關係的寢具業者。

「請問您是？」

這間寢具店的老闆一臉困惑地看著眼前的陌生男子，他手裡還提著一盞裝著蠟燭的提燈。

「不好意思突然上門打擾。有件事我想跟您商量，能不能耽誤您一點時間？」

名謙朝對方說出命令。

「請你跟寢具進口公司的吳昱成解除合作關係，跟他的公司的生意也不准做，以後也不要再跟他有任何往來。」

寢具店老闆的意識被他的話語操控了，他呆呆地點頭，接著掏出手機撥打吳昱成的號碼，乖乖提出要解除合約的要求。

這些商家們在聽到名謙的命令後，全部聽話地跟吳昱成解約。

名謙可以想像吳昱成在知道老客戶們一個接一個離自己而去時，那種錯愕而失望的表情一定很爆笑。

雖然命運讓優秀的自己如此屈辱，但是現在他總算靠著自己的行動，重新取回天才該有的尊嚴。

接下來就讓吳昱成體會一下失去重要至親的痛苦吧。然後名謙打算坐在高處，居高臨下欣賞吳昱成痛苦掙扎的模樣。

※

「太過分了……」

直純站在案發的公園裡面，看著被黃色封鎖線圍起來的案發現場，難以置信。

這座公園被人發現有五個人在樹下上吊自殺，附近居民站在封鎖線外，不安地議論著。

由於映恆感受得到這裡的商品氣息，所以直純知道這些人其實是遭到殺害的。

雖然以前兩人也遇過會綁架無辜民眾的客人，但遇到大量屠殺他人的傢伙還是頭一遭。

在這之前的短短幾天內，也有更多同樣的詭異死亡事件。

譬如某間便利商店，店長突然跳進水溝喝了數十公升的污水中毒死亡，店員也在同一天被關進冷凍庫裡失溫凍死。

譬如加油站的負責人拿起加油槍塞進自己嘴裡，喝了兩公升98無鉛汽油後死亡。

譬如設計公司的負責人用延長線在自己的辦公室裡上吊自殺。

難以理解的是，現場都沒有發現任何人為謀殺的痕跡。換個角度思考，這有可能都是同一個買了魔法商店商品的客人幹的好事。

「如果這是同一個人做的……為什麼要殺掉這麼多人？」

映恆沉默，他當然也不知道為什麼會有人要痛下殺手。

「這五個人好像都是同一家公司裡的同事，可能是跟那間公司有關的人。直接過去看看狀況吧。」

「那其他死因奇怪的人呢？」

「不知道，總之先去這邊吧。」

映恆已經調查好公司的地址，兩人也馬上前往那間公司，想試著問出一些線索。

警察當然早就找到這層關聯性，一輛警車已經停在公司門口，幾名警察在門口進出。看這樣子，他們兩人也沒辦法輕易進去探詢。

「再來要怎麼辦？」

「繼續看看有沒有其他線索吧。既然這個客人殺了人，那麼接下來引發更多事情的機率也很高。」

「可是殺人是大事耶，兇手會不會開始低調行事呢？」

「誰知道。要是他得到力量就敢殺人的話，那我不覺得他會怕警察找上門。」

映恆站在門口，繼續用手機搜尋有沒有其他新聞；同時直純也聯絡其他願意幫助他們的人，繼續收集更多情報。

「幫我指出那個殺了五個人的兇手的位置！」

直純抱著一盆向日葵，並對懷裡的花朵下指示。這盆向日葵也是魔法商店的商品，能力是找出自己身邊的敵人。

向日葵轉了幾圈以後指向西北方。這盆向日葵的缺點是無法告知敵人的距離遠近，只能親自到向日葵指示的方向尋找線索，就算會走個幾公里也不奇怪。

兩人朝著西北方走，不過路上也沒有見到奇怪的案發現場。

「你有感覺到什麼嗎？」

映恆閉著眼睛站在路旁，試著感受這附近的氣息。

「感覺不到。」

對方要是沒有什麼大動作，只是普通學生的兩人還有其他人能掌握更多線索也很有限。不行的話，就只能等待對方的下一步行動。

「真是的……這次的客人有點難找。」直純嘆氣，然後焦急地抓頭髮。

「再拖下去的話，說不定還會有其他被害人遭到襲擊啊。」

「妳太著急了。再說有時就算沒有道具，想殺人的人還是會動手。要是目前真的沒有辦法的話，著急也只會消耗自己的力氣。」

「我還以為你會比我更急著要找到那個客人呢。」直純深感意外地微笑著。

「或許我也累了。」映恆的聲音像在自嘲。

「沒什麼，得到力量的客人一定不會就這樣子什麼都不做，我們只要等下去的話……」

這時，直純的手機通訊軟體裡跳出未讀訊息。

訊息寫著：「我找到了非常不得了的消息。」

※

彭名謙現在正在體驗帝王般的人生。

這句話不是誇飾，而是真的如字面般的「帝王」。現在他人在一間完全預約制的高級餐廳包廂裡，一邊品嚐眼前的牛肉清湯與鮮魚凱撒沙拉，一邊滿意地看著跪在腳邊替自己擦鞋的服務生。

主廚把他點的特製戰斧牛排端到桌上後，同樣跪在桌子旁邊等候。現在外場服務生、主廚、店經理、內場人員們全部在自己的座位前跪成一排，簡直就像服侍帝王的奴隸一樣，名謙好久沒體驗到這麼愉快的感覺。

學生時代那眾星拱月般受到同學們的尊敬與愛戴，還有充滿希望而快樂的感覺，名謙不知道有多久沒有感受過了。就算現在他是靠著魔法蠟燭的力量讓餐廳全部員工跪在自己面前也無妨。

在過來吃飯以前，名謙已經體驗了過去十幾年來都沒玩過的東西。昨天晚上他在私人會館裡面用蠟燭的力量操縱五、六個性感的女人陪自己一起玩多人運動，至於前天他第一次去打了高爾夫球，而且操縱桿弟跪在地上爬過去幫自己撿球，還有在旁邊像啦啦隊一樣跳舞喝采。

名謙有種這十幾年來沒有得到的東西，在此刻一次補足的感覺。

「你的學歷到哪裡？」名謙突然對著主廚問道。

「我讀餐飲學校……」

「哈哈哈，笑死人了！」名謙發出尖銳的嘲笑聲。「我果然還是高你們一等呢。好好加油，然後努力脫離這種低等階級吧！」

沒有人對這番明顯的歧視言論有意見，因為他們現在的精神都被蠟燭帶來的催眠力量控制住，不論聽見什麼也只會機械式地回答，本人的意識沒有任何感覺。

「真開心，哈哈哈……」他繼續空虛地笑著，因為他也察覺到這些人只是像牽線木偶一樣動作而已，嘲笑沒反應的傀儡根本毫無樂趣可言。

他還是想要把昱成從幸福的頂峰推落深淵，昱成根本沒有任何幸福的資格。

為此，他下一步打算對昱成身邊的朋友下手。

昱成身邊有幾個出社會後認識的朋友，平時他們會一起打網球、登山，做些社會底層喜歡的免費休閒運動。名謙從上大學到出社會以來一直沒交到朋友，這讓他非常嫉妒。

把他朋友的個人資料與詳細生活作息調查清楚後，名謙展開行動。他的大學朋友也會在假日獨自登山，名謙為此特別起了個大早，騎著車一路尾隨那位朋友到山路上。

在確定山路上只有他一個人後，名謙點燃蠟燭，然後在他背後喊道：「給我從山坡上跳下去。」

他看著那個三十多歲的男子跳下山坡並消失在視線範圍後，滿意地離開現場。

在失去車子、客戶以後，好朋友突然跌落山崖死亡的消息一定會讓昱成大受打擊。

對他朋友下手以後，名謙的下一個目標是他上班的公司。

名謙直接去找他任職的那間寢具公司負責人。一見面，名謙就對著眼前的公司負責人自我介紹：

「我是你們公司的業務吳昱成以前的同學。」

「哦……請問有什麼事？」

「我要你把你的公司讓給我，讓我當負責人，然後你給我滾，不要有第二句廢話。」

靠著蠟燭的力量，他只用這麼簡單的一句話就把這間寢具公司變成自己的財產。負責人把公司經營的相關文件全部放到桌上交給他，順從得就像他養的寵物狗。

在接二連三的打擊出現後，要是昱成知道幾天前被自己羞辱還有瞧不起的人突然變成自己的老闆，他一定會震驚到不知所措。

贏了，這場仗是他的勝利！

不過只是當他的老闆、讓他明白誰才是真正的菁英都遠遠不夠，名謙還想到更能夠折磨昱成的招數。

走進自己的新辦公室，他在負責人原本的辦公桌前坐下。負責人祕書還沒有明白發生什麼事，所以他馬上下令：「從今天開始我就是妳的新老闆，以後要遵從我一切命令，聽到了嗎？」

女祕書立刻轉變態度，順從地點頭，沒有任何疑問。

「妳去打電話叫吳昱成在明天早上九點的時候到這邊來，別忘了，記得叫他的老婆跟小孩也一起過來，懂不懂？」

「我明白了。那麼除了叫吳昱成九點到公司裡面，請問還有其他要求嗎？像是請他帶什麼文件或報表過來之類的。」

「不用，反正我……」說到一半，名謙突然停頓思考一下，「叫他把小孩帶過來的時候，先讓她們在公司外面的路上等。」

「好的。」

名謙想到可以讓他百分之百墜入絕望地獄的方法。

他那天幹掉五個陷害自己的下屬以後才想到，只要有能夠命令任何人的蠟燭的力量，就算警察來了也只要命令他們停止偵辦這些命案就好了，所以他假裝成匿名證人，試著命令偵辦案件的警官停止搜查，接著警察真的停下動作了。

他根本就沒有必要害怕警察或任何人，就算ＦＢＩ探員親自找上門也不需要害怕，只要命令對方把發生在自己身上的事忘掉，就可以消除對方的記憶，這個他也實驗過了。

要是真的還有靠著命令對方還解決不了的事情，那就再去一次德吉洛魔法商店，用高價買下其他商品就好。

那個店長擁有這麼可愛的姿色，還有這麼多具有強大力量的魔法商品，她本人絕對是那種在檯面下呼風喚雨、無所不能的人物；會把能夠強制命令別人的商品賣給他，應該是希望自己能夠為她達成某種目的。

只是名謙思考了幾天，還是想不出她究竟想要做什麼。

店長跟自己只是偶然在路上相遇，事前調查自己身家背景的可能性很低；在出售這組蠟燭時，店長也沒有說出任何希望可以攜手合作的要求，她的笑容與態度就跟一般推銷商品的店員沒兩樣。

那個店長女孩到底是什麼人？

名謙沒有半點頭緒。不過能讓他盡情地把這十幾年來累積的怨恨與怒火發洩出來，就算多付她十萬元也沒關係。

明明自己在高中的時候不管哪一種考試都是名列前茅，但這個社會上誰也沒把自己當成菁英，個個都把自己當成普通的肥宅，他心中只有無盡的怒火。

時間來到隔天的傍晚六點。這天是國定假日，公司的大部分員工都在休假，只有昱成帶著老婆小孩來到公司。

最近發生的意外事故太多，昱成這幾天連覺都睡不好，根本無心去想老闆為什麼會在這種時候叫他們一家過來。

「老闆已經在裡面等您了，請進。」

祕書比了個「這邊走」的手勢，請昱成進入辦公室。

接著昱成在辦公室裡看到一片雜亂的景象。

原本放在辦公室後面書櫃裡的報表、營運資料、產品目錄等文件，現在都像廢紙一樣被隨手扔在辦公桌旁邊的地板上，堆成一座廢紙山；坐在辦公桌前的人也不是他熟悉的負責人，而是彭名謙。他還在桌上裝飾一盞點亮蠟燭的提燈，空氣裡飄著薰香般的香味。

「為什麼是你？你在這裡做什麼？」

昱成的聲音從錯愕轉為憤怒，對坐在皮椅上喝著紅酒、從容不迫等著他的名謙叫道。

「因為我現在是這間公司的老闆，所以我當然就坐在這邊啊。」名謙對他露出挑釁的笑容：「以後你要聽從我的所有命令，就算我叫你跪下來磨我的腳皮也必須照做。」

「你叫我來這裡就是要聽你講瘋話？」

名謙用一副懷疑他到底聽不聽得懂中文的眼神確認昱成的反應。

「聽不懂的話，我用連幼稚園小孩也聽得懂的說法再簡單地說一次：你的前任老闆已經把這間公司交給我經營，現在我就是你的老闆。」

「怎麼可能？你威脅周先生對不對？你憑什麼得到經營權？」

「你對現在的新老闆講話態度最好尊敬點。現在起，給我跪在地上講話。」

突然，昱成全身感受到一股不得不跪下來的壓力，就像被透明的巨人壓到地上，等他回過神來時，自己已經跪在名謙面前。

「你要找的是我對不對？不要把其他人捲進來，我現在就直接在這裡跟你談。」

「我也想跟老同學聊天敘敘舊，從畢業到現在也快二十年了，現在站在萬人之上的頂端還有享受幸福生活的應該是我，而不是你這種學力還有智商都不如人的渣滓。你知道這段時間我過得有多悲慘嗎？這個世界有太多不懂我聰明才智的廢物，還有對菁英不公平的待遇——」說到這，名謙洩憤般把桌上的一份文件重摔到地上，昱成看到那是他的業績報告。

「所以我現在要找回屬於我的一切還有幸福的人生。然後還有你……你憑什麼幸福……你憑什麼？」

昱成相當困惑，張著嘴巴卻不知道該如何提問，過了十幾秒才擠出一句話：「什麼意思？」

「像你這種人，根本就不可能會得到什麼幸福的生活！」名謙發出唾棄的聲音：「我才是該得到幸福的人！我是英才，不是該被你們排擠的底層廢物，我現在終於把我該得到的東西都弄到手了，接下來就是我讓你們嚐嚐我怒火的時刻！」

「你被排擠還是沒得到什麼，又不是我害你的，你為什麼要找我？」昱成覺得自己只是被無故遷怒：「我做了什麼對不起你的事嗎？」

「你過得比我還要幸福，就是最對不起我的事；你讓我身為英才的尊嚴受到嚴重的侮辱，讓我內心的怒火熊熊燃燒！」

「你神經病啊！我什麼時候侮辱你了？講得好像你的不幸都是我害的，但這都只是你自己的妄想！妄想就算了，還把我們公司的人都捲進來，你很快就會被警察逮捕！」

「警察動不了我的。哈哈，你罵我神經病？」

名謙帶著可憐流浪狗般的笑臉，走到辦公室的窗戶邊並拉開窗簾。

「你看得到那棟大樓的樓頂嗎？」

昱成抬頭望向他說的大樓時，他不禁懷疑自己的眼睛。

有七個人站翻越頂樓護欄直挺挺地站在邊緣，只差一步就會直接跌落地面。

更讓人錯愕的是，那七個人都是昱成在公司裡的同事。

「是你威脅他們站在那邊的是不是！你這個小人！」

昱成用力想要起身，但他的身體變得彷彿不再是他的身體般，不聽使喚地繼續跪在地上。

「陳永倫，我要你現在直接跳下去！」

名謙對著另一邊大喊同事的名字，被叫到的同事就聽話地往前走一步，身體直直從樓頂墜落。

「永倫！」

昱成的聲音悲痛，他只能眼睜睜看著跟自己交情還算要好的同事在自己眼前跳樓，腦海裡閃過永倫躺在地上、變得面目全非的模樣。

「哈哈哈！這就是你侮辱我的代價！」名謙開心地哈哈大笑。

昱成開始大哭起來。先是車子，再來是他的客戶，接著是他的朋友與同事，而這些不幸事件都是在他偶然再遇到彭名謙以後才發生的。

「先前的那些事都是你做的嗎！」

「是又怎樣？」

「你這個惡魔、人渣！快住手！他們根本沒有罪！」他哭喊。

「你還敢對我出言不遜？」名謙冷笑：「看到了嗎，我掌握了你們這些廢物的生殺大權，但你還不瞭解這點。好，再試幾次你自然就會懂了，連子軒，你也跳下來！」

一名身形微胖的中年男性也服從地從樓頂跳下。碰——，地上又多出一個重傷者。

看到連續兩個人跳樓的路人們發出慘叫，公司附近已經開始一片混亂。名謙立刻開窗對著那些路人命令：「不要再圍觀了，把剛才看到的東西全部忘掉！不准報警！」

聽到聲音的路人們竟然都像中了催眠術一樣，對眼前的景象視若無睹然後靜靜離開。昱成也漸漸明白這是怎麼回事，他現在得到某種可以催眠他人的不可思議力量，不只強制命令自己跳下，更命令絕對不認識名謙的同事們跳樓。

「你想要什麼？」

昱成全身顫抖地低著頭向他求饒。

「求求你住手。你要我做什麼，我來做……不要再傷害無辜了。」

「好乖，那我想想，你先五體投地然後對著我大喊『英明偉大的彭名謙，我的王！』，現在就做。」

違抗他的話他還有可能做出更危險的事，所以昱成跪倒在地上，喊：

「英明偉大的彭名謙，我的王……」

「哈哈哈……！」名謙像是要這段時間積累的怨氣全吐出來般哈哈大笑。

「這才是我該有的人生！現在我總算回到原本的位置，然後你回到底層的位置了！」

「你要往上爬是你的事，為什麼要把我們牽扯進來？」昱成還是忍不住問。

「因為你這種成績吊車尾過得太幸福，會讓我的尊嚴無法忍受啊！」

名謙的瞳孔被傲慢與瘋狂所混合的顏色染成漆黑一片。

「我是菁英，我的一生都要順利而幸福才行，但你們誰也沒有聽從我的意思，每個人都要跟我作對，甚至陷害我，連我喜歡的女人也嫌我個性難搞、身材肥胖所以不想跟我在一起，今天就是我來支配你們一切的時候！你們的生死都聽我一句話，只要有必要，就算讓這個世界上一百萬個人為了我而犧牲性命也是應該的！I'm your God！我要你們死，你們就得通通給我去死！」

「……」

昱成認識的彭名謙這個人，從學生時代就是個把自己當成萬能超人、頂級菁英還有救世主的自大狂。

他的成績在班上還有全年級真的都無人能比，除了美術以外的各種科目也很完美，但人品就只有在表面的時候看起來很好，私底下卻不是那樣子。

他最瞧不起的就是學校裡那些名字永遠在成績單最底部的學生。名謙很少在老師或其他自己認可的同學面前公開嘲弄這些人，但私底下卻會說許多中傷這些人的壞話。

笨蛋、廢人、資源回收物、沒前途……這些充滿惡意的話幾乎都出自他或身邊朋友們的嘴巴，這些話語到現在都好像還刺在昱成內心某處似的，一直提醒自己過去就是個被人瞧不起的人。

雖然他也很努力地學習，但自己身上真的沒有讀書的才能，考試總是沒辦法考到很好的分數。

不甘就這樣子被人瞧不起的昱成繼續用功，不過在名謙眼中這一切都是徒勞無功的行動。

某天午餐時間，當昱成吃完午餐在座位上預習下一課時，幾個同學朝他走過來，突然朝他潑水。

正當他想把身上的水弄乾時，他發現這些水居然帶有一股油膩的味道。仔細一聞昱成發現那不是水，竟然是便當剩飯裡的湯汁。

「幹！你們做什麼！」

昱成的課本跟身上白制服都被剩飯湯汁染成一片噁心的褐色，那些惡作劇的同學們哈哈大笑，昱成生氣地大吼，只有平時同樣被嘲笑的幾個同學向昱成伸出援手，給了他幾張面紙。名謙站在遠處看著自己，用看笑話的嘲弄眼神望著自己。對他來說自己不是需要幫助的對象，只是個取悅他的小丑。

這件事變成讓昱成不顧一切奮發向上的契機。

——我要變成比你們還要有成就的人，然後靠著努力贏過你們。

這間學校裡面有許多人只用成績來判斷一個人的價值，他絕對不想被這些人看扁。

畢業後，昱成在大學裡白天唸書，晚上到附近的寢具店打工，同時在店裡累積未來工作可以用到的人脈。昱成認真的工作態度贏得老闆的賞識，他推薦昱成到跟寢具店有十幾年合作關係的公司面試，甚至還幫他寫了一封推薦信。

多虧老闆的幫忙，昱成畢業後很順利地就職。在這間公司工作三、四年後，昱成跳槽到另一間規模更大的寢具公司。

即便他在前一間公司已經獲得了漂亮的成績，但他在這裡依然非常謙虛且穩紮穩打地工作，還有繼續尋找客戶。在拜訪客戶的過程中昱成也認識了不少朋友，他的妻子就是其中之一。

兩人認識以後，很快就成為男女朋友。妻子很喜歡他謙虛而務實的性格，最終兩人也步入了禮堂，成為人生伴侶。

到現在昱成還是覺得自己很幸運，竟然可以遇到這麼優秀的女孩。為了不辜負妻子還有接下來即將來到兩人身邊的小天使，昱成更加努力地想要給兩人更好的生活。

但隔了近二十年，當昱成再次遇到彭名謙的時候，他不禁為這個人的個性依然傲慢無禮這點感到訝異，簡直就像他這二十年來完全沒有反省自己的行為，甚至沒有任何成長，永遠沉溺在學生時代的榮光不肯放下，而且還變得像個小混混。

更不用說名謙居然只是因為自卑就傷害了這麼多人。

「我現在不想要跟你作對，我只求你……放過我們。」

「哈哈，看我的心情好不好。」名謙坐回辦公椅上，臉上恢復從容不迫的表情：「你是不是忘記，我把你的老婆跟小孩一起叫到這裡來的事啊？」

昱成馬上知道他想做什麼。

「你想要做什麼……她們是無辜的！」

「我說了看我的心情。只要我一聲命下，我就可以隨時讓她們表演好玩的東西讓我看啊。就算我現在要她們死，她們就只能去死！」

們？」

「拜託你……放過我的老婆跟孩子……我跟你有什麼深仇大恨，為什麼一定要這樣對待我

「因為我一定要讓你們明白菁英與社會底層的差別！我就是菁英，你們就是給我利用的道具，我剛才說了，就算有一百萬個人為了我的野心而犧牲性命也是理所當然的！我想要玩你們當消遣，你們就要乖乖讓我玩！」

「不要對我的家人出手……拜託你……」

「你敢命令我！」名謙又被激怒，重重拍了桌子一下，他當然無視跪在地上的昱成的請求，馬上朝窗戶外喊了一聲：「把她們推到路上！」

有四個男人架著昱成的老婆與女兒來到公司門口。

那四個人都是被名謙叫來這裡的公司員工，現在他們都被名謙的超能力催眠了，完全聽命於名謙的話。

「嗯……那就先從你的女兒開始。」名謙的腦中靈光一閃，想到一個點子：

「現在把她丟到馬路上，然後開車朝她身上輾過去……」

外面沒有動靜。

「我叫你們把吳昱成的女兒丟到馬路上，沒聽到嗎？你們想違抗我嗎！」

名謙把頭探出窗外，這才明白原因。

四個人現在竟然因為不明原因，全部像石像一樣站在原地——不，他們真的變成石像了。

至於母女兩人都被救出來，靜靜地躺在一旁。

「找到你了。」

更讓名謙意外的是，把兩人救出來的人竟然是一個高中女生以及一個高中少年。

「你們是什麼人？」

「我們想要知道你為什麼要傷害——甚至殺害那麼多人。」

映恆站在樓下仰望著名謙，就像看著蟑螂般厭惡。

名謙不知道他們是從哪邊得知自己就是罪魁禍首，他已經命令警方當作這件事沒發生過，他們應該連證據都查不出來才對。

「把這件事忘掉，然後給我滾。」

他命令道，然而眼前的兩人絲毫不受蠟燭的魔法影響，甚至直接走進公司大樓裡面想要找自己。

名謙不禁露出遇到麻煩人物的厭惡倦容，接著來到同層樓的隔壁貿易公司門口，對著裡面的人發出命令：

「把他們兩個通通殺掉，屍體就丟到山裡面埋起來。」

他的聲音傳遍辦公室，所有人都像接受到指令的機器人跑出來，衝向走進來的少年少女身邊。

「這些人妳自己有辦法對付嗎？」映恆對直純確認地問。

「沒問題。你趕快去抓那個人！」

至少十五名壯年男性抓著木棍一類的武器從大樓門口走過來，將兩人包圍住。

「小心點。」

在映恆說完的瞬間，現場所有人馬上撲向眼前的少年少女。

最靠近直純的男人手指首先被她頭上的蛇咬住，他手中的木棍在他痛到鬆手時也順勢被直純的蛇髮捲起。

直純變身成梅杜莎的模樣，熟練地操縱著蛇髮抵擋並反擊身邊的敵人。她的蛇髮捲起那些搶過來的棍棒武器，反過來當成自己的工具。

「喝啊啊！」

直純的蛇髮抓住棍棒，把這些人一個個打昏。他們只是被操縱的可憐人，直純不想把他們變成石頭。

敵方還好好站著的男性大約只剩六個。面對眼前像八爪魚同時揮舞大量武器的敵人，只知道要執行命令的人們繼續用棍棒攻擊。

直純確認自己能夠利用的武器，於是改成用手拿著搶來的拖把，手髮並用地戰鬥。

同時，映恆直衝名謙所在的辦公室。

名謙懷裡抱著依然點著蠟燭的提燈，有些惱火地看著這個走進門口的不速之客。

「你想做什麼？」

「當然是阻止你繼續傷害這些無罪的人。」

「話不要隨便亂講。你有證據嗎？你有辦法提出證據證明我做了什麼嗎？」

「證據就是拿在你手上的蠟燭。你可以命令他人的能力，就是因為那根蠟燭的關係。你剛才對著我們喊的那些話，我聽得一清二楚。」

就算被說中，名謙依然不為所動。

「我聽不懂你在說什麼，那是什麼奇怪的幻想？現在的小朋友不務正業只會講這種奇怪的故事嗎？」

「這不是幻想，這些都是我從當事人口中問出來的話。」

映恆當時想到警方會突然對五個人上吊自殺的事件停止偵辦，可能是客人對警方動了什麼手腳。死馬當活馬醫，他跑去找負責偵辦的員警確認有沒有遇到什麼奇怪的事。

結果映恆運氣很好，他真的從警方口中聽到線索了。在好不容易拿到拍下命令警方的人的監視器畫面後，兩人繼續注意這一帶有沒有其他奇怪的事，並尋找這個人的蹤跡。

兩人花了一段時間還是找到了，雖然沒辦法阻止那些同事們跳樓，但還是成功拯救母女兩人。

「那盞提燈或是裡面的蠟燭，就是從德吉洛魔法商店買來的，這我看一眼就知道了。」

名謙總算明白對方也是商店客人，不過他依然沒有正面承認。

「這關你什麼事？我在這裡要做什麼都是我的自由，就算美國總統來這裡也沒權利干涉我！」

「那你也沒有權利隨意殺害任何人。」

「我想要做什麼跟你沒有任何關係，你也沒有權利叫我照你的話做事！給我滾！」名謙用蠟燭的力量命令映恆。

「那些魔法對我沒用。」映恆依然沒有受到影響。他的視線鎖定在對方懷裡的提燈，接著一口氣衝向名謙想要搶下它。

「過來保護我！」

名謙一聲命令，原本跪在地上的昱成馬上衝過來為他擋下映恆的衝撞。

「把他抓起來，從窗戶丟下去！」

昱成化成失去自我意志的傀儡，一把粗暴地拉住映恆的衣領並將他拖往窗戶邊。

映恆立刻反過來抓住昱成的手臂，然後把他重重摔到地面上。

「站起來！用桌上的筆刺他！」

昱成真的無視身上疼痛爬起來，然後抓起桌上的筆想襲擊映恆。對練過武術的映恆來說，這點攻擊就像跟小孩子打架一樣不算什麼，他一下子就奪下那支筆，然後像射飛鏢般順手地朝著名謙的手射去。

「啊啊……！」

原子筆刺進他的手掌，讓名謙痛得鬆手放開懷裡的提燈，裡面的蠟燭滾到地上，燭火也熄滅了。

昱成也同時恢復身體的主控權，一臉茫然地看著突然出現的映恆。

「一切都結束了。給我直接投降。」

按著手上傷口的名謙，乖乖將雙手舉到腦袋後面。

「好，做得很棒，小英雄！再來你要報警抓我嗎？」

「既然洗腦的魔法解除了，警方就會重新調查你的事，你很快就會被定罪逮捕然後服刑。」

——這個小朋友根本沒有搞清楚狀況嘛。名謙在內心暗笑。

映恆把昱成扶起來，讓他坐在椅子上休息。

「我真的搞不清楚耶，這種社會底層是有哪裡值得你這樣幫助他？你要幫也是來幫我這種菁英才對啊！」

面對名謙的挑釁，映恆回應：「我觀察你的行動，就只是一直針對這個人還有他身邊的人攻擊而已，再加上殺了人還看不到反省的態度，真正的菁英才不會做這種事，你只是個自我中心又態度傲慢的邊緣人而已。」

「看來你也是看不出誰才是真正的人才高手啊，唉。」名謙帶著看雜草般居高臨下的眼神嘆氣，還搭配誇張的手勢：「沒關係，等到以後你被我繼續支配，就會為你現在的話後悔了。」

「你要支配別人之前先想想自己的個性問題吧。整天只想著自己利益的人，是不可能會讓人心甘情願服從的！」

高舉雙手的名謙，這時忽然彎腰想拾起掉在腳邊的蠟燭。

「你要做什麼？」映恆走向前一步。

「你自己說叫我不要整天想著自己的事嘛，那我就來幫他啊……」

「不准動。把蠟燭放下！」

「兇什麼，我只是想撿我的東西而已，我都這麼說了你還想跟我作對？」

「總之站在那邊不准動……」

名謙突然從背後口袋掏出事先準備的筆型點火器，接著重新點燃蠟燭。

「你的人生太可悲了，一生都只能活在底層，所以我來幫你解脫吧！」

名謙面露滿足笑容，舉起蠟燭大喊：

「我要你現在從樓頂跳下去……」

當昱成的意識再度被蠟燭的魔力操控時，映恆也朝著名謙的身體撞過去。同時手上那吸魂燈頂端的針也刺進了他的身體。

映恆早就知道名謙是個人格低劣的人，便決定在名謙真的要動手時就抽走他的靈魂。名謙就像失去力量的機器人，下一秒直接癱倒在地，雙眼翻白。

「沒事了。我會幫你們叫救護車，你先休息一下吧。」

他放下自動燃起藍色火焰的提燈，用輕柔的聲音安撫昱成。

「那個人他怎麼了……」昱成依然不曉得發生什麼事。

「沒事的。」映恆安撫他。

「是他剛才突然自己昏倒而已。」

在那之後，救護車也及時趕到。被操縱跳樓的無辜同事們雖然有幾個救不回來，但吳昱成與妻女都平安無事。

失去意識的彭名謙也被送往醫院。不過到院時彭名謙已經失去生命跡象，死因是心臟衰竭。

這種人罪有應得，映恆不會特別憐憫這種反社會殺人犯。

「這就是他用來操縱人的商品嗎？」

直純看著裝在紙盒裡的剩下兩根蠟燭，一想到自己也得到了可以隨意命令任何人的力量，她興奮地顫抖了起來。

「不可以亂用喔。」走出醫院的映恆對著身旁的長鮑伯頭少女告誡。

「可是我還是想要玩玩看嘛，就只要一次而已……那是什麼？」

直純注意到裝在映恆背包裡的提燈，它正發出詭異的藍光。

映恆說了聲「再見」後也沒有解釋，一個人靜靜地朝著車站的方向走去。

「等一下，那是什麼？你剛才做了什麼事嗎？難道說……」

直純想起那是回收的商品裡面可以抽走人類靈魂的提燈，馬上就想到這是怎麼一回事。

「你抽走了那個客人的靈魂？」

但眼前的少年越走越遠，沒有做出任何回答。

※

桑映恆抓著那盞囚禁彭名謙靈魂的提燈，來到這棟老舊大樓的地下室。

這裡是上次他跟直純曾經拜訪過的魔法書店「康特拉迪羅書店」的入口。他站在那扇通往書店的門前，猶豫了幾分鐘後，還是毅然決然地走進去。

「歡迎光臨，想找什麼書的話歡迎詢問。」

一進入這個神祕的店鋪空間，上次曾經見過的男性店員就站在櫃檯前向映恆打招呼。

「一段時間不見了，人類客人。今天想要找些什麼？」

「我先問你，人類可以拿著其他人類的靈魂來交易嗎？」

聽到這種讓人毛骨悚然的話，店員的和善反應依然沒有一絲動搖。

「當然可以。但是客人那個用來交易的靈魂跟您是什麼關係？對方有跟您簽下契約，同意死後對方的靈魂歸屬於您嗎？」

「這個。」

映恆直接把那盞提燈放到櫃檯上。變成藍色火焰的彭名謙在提燈裡面，焦急地對著外面大喊：

「放我出去！你對我做了什麼，這裡又是哪裡……！」

店員觀察著被這盞燈抽出的靈魂時，映恆說明：「這個人是我的敵人。我把他的靈魂直接抽出來，要當成買書的資金。」

店員的鼻子發出沉思般的鼻音。

「好吧，僅此一回。雖然不是完全無法接受這樣子的靈魂，但下次請帶著有確實簽下契約、保證會屬於您的靈魂過來。」

「謝謝你的幫忙。」

「那麼您想要找什麼樣的書呢？」

「有記載如何打倒那個女人的書嗎？我要人類也可以辦得到的那種。」

「我們無法直接提供讓客人攻擊其他客人的書籍，但提供其他方法沒有問題。」

「好，拜託你。」

「我們這邊最近有進一批教人類變化成獨角獸或龍這類動物的魔法參考書，有興趣嗎？」

「這個我不需要。有可以牽制惡魔行動的方法嗎？」

「如果是把世界森羅萬象關住的方法，有興趣參考看看嗎？」

這句形容很抽象，但應該能派上用場。

「那麻煩幫我你拿來。」

映恆雖然知道自己正要賣掉他人的靈魂，但如今他的內心卻異常平靜。因為他已經明白彭名謙無疑就是那種冷血傲慢又不把別人當一回事的人渣，而且動機幼稚又無聊，如果讓他復活的話，還不知道會幹出什麼危害世人的舉動。

「放了我！你這個白痴社會底層屁孩！我叫你放我出去，你想要做什麼？」

「我沒有義務告訴你。」映恆不想理他。

「為什麼你們每個人都這麼對待我！你們都看不清楚，誰才是真正有才華還能改變世界的人，是你們這些社會底層要聽我的話，不是我要跟你們同流合汙！等我逃出這裡，東山再起變成年收入破百萬的上流階級以後，我會讓你付出代價！所以你——」

店員打開提燈，把名謙的靈魂從裡面抽出來，名謙慘痛的叫聲響充滿整間書店，簡直就像身體同時被一百根刀刃刺穿般痛苦。

邪惡壞蛋的痛苦在短短幾秒內就結束了。店員把名謙的靈魂收進收銀機抽屜裡，然後到書架前挑選映恆需要的書。

犧牲一個邪惡的人然後讓自己朝目標邁進一大步，映恆決定一定要善用好不容易到手的力量。

第五章　萬物穿透捕蟲網

映恆與直純兩人今天見面時的氣氛相當凝重。
原因很簡單，因為映恆抽走了那個客人的靈魂。
兩人這次見面的地方不是餐廳或遊樂園，而是映恆家附近的學校操場上。
映恆把那天在書店裡面買到的書塞在背包裡，帶在身上去見直純。
這天直純只穿著樸素的外套與長褲，低頭看著地面的模樣，像在思考著該如何開口說出內心的話。
「嗨。」
映恆看到坐在操場花圃邊等著自己的直純，他心裡雖然有點猶豫，但還是簡短地打了聲招呼。
直純盯著映恆一會，她的眼神有些嚴厲。
「你抽走了那個人的靈魂對不對？」
直純直接切入正題。映恆也知道自己不可能永遠瞞著直純，他頷首。

「那個人的靈魂呢？」

「……」

「你把那個人的靈魂怎麼了？」大概猜到發生什麼事的直純，有點激動地追問。

映恆想了一下後，還是坦誠一切。

「我把那個人的靈魂拿去魔法書店買書了。」

啪——，映恆感受到自己的臉頰傳來一陣熾熱的疼痛。直純生氣地直接甩了他一巴掌，這絕對是自己有生以來最痛的一巴掌。

「為什麼……為什麼要做這種事？」

直純反應難以置信，剛才甩巴掌的左手還在微微顫抖。

「那樣的話，那個人的靈魂之後會遇到什麼痛苦，你有想過嗎！而且你怎麼能把別人的靈魂當成買賣的貨幣！」

映恆摸摸自己被打的臉頰，接著靜靜說出自己這段時間一直思考著的話語。

「那個人是個傷害多少人也完全不會有罪惡感的壞人，妳也看到了……就算他在這之後會到地獄裡面，那也是他應得的。」

「你又不是閻羅王還是什麼地獄的判官！」直純大叫著：「就算他罪大惡極，你也不能因為這樣子就擅自抽走他的靈魂！為什麼要這樣做？」

映恆當然明白直純這麼生氣的理由，所以他只是靜靜解釋。

「這是不得已的選擇，如果我們不想辦法弄到擁有別的力量的武器，那我們永遠都無法打敗魔法商店。」

「可是你這麼做就跟殺人沒兩樣啊……」為了避免附近運動的歐巴桑聽到對話內容，直純瞪著他並壓低聲音：

「為了達成自己的目的而殺人，這樣太爛了……你有沒有想過這麼做就跟你最討厭的自私客人沒有兩樣？」

兩人到目前為止見過的魔法商店的客人，都是為了滿足自己的私欲而不惜傷害身邊人們的壞人。這點映恆比誰都還清楚。

所以如今的他啞口無言。

「你買的書可以退貨嗎？把那個人的靈魂換回來！」

「辦不到。而且讓那個人復活的話，接下來還會有更多無罪的人受害。那個人利用商品的力量總共殺了六十八個人妳記得嗎？讓他繼續活下去，就算他手邊沒有商品他也會用別的方法傷人！」

「為什麼你想要跟魔法書店交易，不先跟我商量？」直純現在真的很生氣，氣到臉都變紅了。

「就算我們真的沒有其他可以抗衡的力量，那至少還可以先想想別的辦法！要是殺了人的話，現在就什麼都沒辦法挽回了……」

「與其後悔，還不如從現在開始好好利用買來的這本書的力量，這樣才不會浪費那個人的靈魂。」

「你在說什麼啊！」直純的神色掩藏不住失望。

她剛開始認識映恆的時候，就知道他最討厭這種自私的客人；為了自己的利益而犧牲、傷害他人，他最沒辦法原諒這種行為。

但在直純眼中，為了跟魔法書店交易而選擇犧牲其他壞人的靈魂，這種事也一樣惡劣。

「你講這種話就好像把那個人當成可以隨意利用的棋子，真的很……反正我不喜歡你這麼做！」

「妳就算討厭也沒辦法，如果要在魔法書店得到更強大的力量，那就只能這麼用靈魂來交易。」

「你不是還有錢嗎？」

「有啊，所以才要把錢留下來以備萬一！而且那個時候要是我沒有這麼做的話，那個被害人一家說不定全部都會被他害死！為了阻止他，這也是不得已的！」

就像映恆說的那樣，如果他那個時候沒有用提燈抽走彭名謙的靈魂，他絕對會做出更危險的事。

「以備什麼樣的萬一？你動手這件事就是不可以，白雨芯最想看到的就是我們跟其他人類自相殘殺，這種事你最清楚吧！」

「我只會對特別惡劣的人這麼做，如果對方是還有一點良心的人，我才不會利用他……」

「因為他很惡劣，所以你就可以不救他嗎？」

「以前我不是也講過，我們的目的是要阻止那些客人，而不是一個一個拯救他們？妳不是能拯救所有人的聖女或英雄，認清現實吧。妳之前也不是說過自己體會到有很多事情無法改變嗎？那妳也該明白有些事真的是無奈之下的妥協，不是嗎？」

直純也一時語塞，只能生氣地瞪著映恆的臉。

「不要再用那麼天真的想法面對敵人了。這是戰爭，為了打贏這場仗本來就可能會有犧牲，所以我才只選擇犧牲無藥可救的壞人！他是個殺人犯！」

「你這樣子就跟你講的殺人犯一樣啊！」

直純在衝動之下說出這句話後，馬上後悔了。

「殺人犯……妳覺得我是殺人犯？」這句話讓映恆內心感到一陣刺痛。

「不、對不起……我只是想說那樣子就是在殺人……」

「那麼那個客人就可以因為幼稚的理由殺害六十幾個人嗎？妳到底會不會衡量事情的輕重

啊？」

「就是因為這樣子是不對的，我才要阻止你犯錯啊！你把那個人的靈魂抽走，都不會有罪惡感嗎？」

「當然有……但這也是為了早日打倒魔法商店……」映恆停頓了下來。

「我們一定要殺人才能打倒魔法商店嗎？」

直純也感到迷茫，她也不知道怎麼做才是正確的。

「如果那個店長是人類而不是惡魔，妳就要放棄幫妳的朋友們報仇了嗎？妳太容易心軟了，有這種想法的話妳根本就別想要打倒敵人！」

「那只要可以打倒店長，你要再多殺幾個人都可以嗎？」

「我沒有那樣講，我不是說因為他是殺了六十八個人的壞蛋所以才這麼做嗎？我強調幾次了？妳根本沒有在聽我說話耶！」

「我聽得很清楚！只是為什麼不用其他可以懲罰他的方法？」

映恆忍不住嘆氣。

「妳是說把他身體的一部分割下來當成交易物跟魔法書店買書嗎？妳喜歡這麼做的話，那下次就這麼做吧！如果妳的力氣有大到可以從一個活人身上割肉下來的話再說！」

「我又沒這樣講！」

「那就不要一直在同一件事情上跳針嘛！該說的話我都說過了，不要再浪費時間重複沒有意義的話了。」

「如果你真的是這種人，那我們以後還是不要一起行動好了。」

「沒有我的感應力，妳一個人行動只會變得更困難。」

「我還有那盆可以找敵人的向日葵，不用你擔心。」直純像是在逞強般回答：

「反正我現在很難過，以後你不要再來找我了。」

兩人的對話結束了。直純忍著眼淚從現場跑走，映恆依然站在操場上不甘心地咬著牙。

他一時間也不知道自己該怎麼辦才好。直純很善良，善良到就算明白對方是個世紀大壞蛋也不想要傷害對方，但偏偏這種個性就是沒辦法跟白雨芯對抗。

跟好不容易找到的同伴起內鬨，映恆也不希望這種事發生。而且直純離自己而去，也讓他的內心非常難過。

可是為了補足計畫中需要的東西，映恆明白自己別無選擇。

他從背包裡拿出新買的魔法書，如果剛才沒有發生這麼嚴重的爭執的話，他現在應該會跟直純說明這本魔法書的力量，但已經沒必要了。

※

「我們這組的生物課報告就報告蝴蝶好不好？」

「好啊，因為蝴蝶最好抓，而且又不像其他的蟲那樣噁心，所以用蝴蝶剛好。」

坐在克淩旁邊的同學應聲附和。

「我隨便。」

「那麼工作分配就這樣子囉。克淩，你去抓蝴蝶，然後我們去整理報告用的資料，有問題嗎？」

週末的圖書館裡，四名國中生圍在一桌做出最後的結論。徐克淩在筆記本上煩躁地亂畫，什麼都好，他對昆蟲類的生物又沒興趣，現在的學校只會叫學生做些無聊的研究，他搞不懂這些跟他將來升上大學還有出社會有什麼關聯。

「隨便啦。」一名叫徐克淩的國中生懶洋洋地應答。報告的事他完全沒興趣。看到他這種隨便的樣子，其他同學也真的沒辦法給他好臉色。

「喂，你是有沒有要做報告？」

「你什麼態度啊？」

克淩一臉不在乎地瞪了他們一眼：「好啦，那我就去抓蝴蝶就好了。反正一個人做事最適合我了。」

從剛才開始就一直在努力分配工作的同學看到他這種態度，不禁火冒三丈，伸手想要揍他。

「算了，不要理這種邊緣人。」

一旁的同學伸手阻止他，用可憐的眼神看了他一眼以後，離開圖書館。

——你們的事我根本就不在乎好不好。

走出圖書館，外面的太陽依然發出毒辣的紫外線，看完書三三兩兩走出來的學生要好地聊著天，好像只有自己跟這幅畫面格格不入。這個世界還是一往如常地令人生厭。

克凌嘆了口氣。身形瘦弱的他決定還是先回家一趟。

一開門，映入眼簾的就是昨天沒有吃完放在桌上的便當。廚房裡面傳來冰箱關門的聲音，拿著冷藏便當準備預熱的母親憔悴地探出頭，她正要出門。

「回來了啊。」

她淡淡地說道，聲音聽起來沒什麼精神。

「爸爸的傷好了嗎？」

「好像又要再開刀一次的樣子。」她的聲音聽不出一點活力。

「……又要去醫院照顧爸了喔。」克凌對這種生活也已經厭煩了。

克凌的父母從他上國小開始，關係就不是很好。因為老爸在他六歲那一年跟公司的同事外遇，被老媽抓到以後兩人就開始經常吵架。

老爸平時又有酗酒的習慣，每次晚上喝完酒以後，甚至還會罵更難聽的髒話，每次聽到老爸在那邊發脾氣，克凌就有股想用刀捅他的衝動，要不是自己還有點理智的話，說不定自己的人生早就悲劇了。

因為家裡的氣氛很糟，導致克凌從小就有種厭世的情緒。他在學校裡面又是那種很不會跟人社交的類型，因此很理所當然地就成為同學霸凌的對象。自己越是沉默，對方就越是氣焰囂張。

越是被欺負，克凌就越是不想要跟學校裡面的任何人打交道。回到家，爸媽也不會關心自己在學校裡面為什麼會被排擠，只會講一些像「不要理他們就好了」、「這都是你自己個性彆扭」之類推卸責任的話。

克凌直到國小畢業為止，完完全全沒有交到任何朋友。他對國小生活就只有怨恨而已。克凌覺得自己早就看透這個世界了。世界上沒有人喜歡自己，大家都把他當成礙眼的垃圾對待，從國小第一次被人欺負開始，克凌就已經哭到厭煩了。

既然如此，那自己也不需要再繼續在乎這個世界如何看待自己。

「今天可以給我多一點錢嗎？」

「幹嘛？」

「學校報告要用真的蝴蝶……我負責去抓蝴蝶，所以……」

「這星期的買飯錢。要買什麼自己去買，別花太多錢知道嗎。」

母親隨手把一張千元鈔與數枚錢幣丟到潔白的餐桌上，簡短說了幾句後便出門了，連聽完來龍去脈的力氣都沒有。

從爸爸被路上意外掉落的廣告招牌打中以後，住院至今也已經好幾個月了。不僅收入完全減半，母親為了照料父親更是心力交瘁。

昆蟲觀察箱在小學附近的文具店馬上就能買到，但捕蟲網就不知道了。自己怎麼偏偏挑了個這麼難搞的工作啊？他不滿地在心裡抱怨，一面用手機搜尋這附近哪邊有賣捕蟲網。

他心煩地在路上亂逛，等到他回過神時，已經走到相當遠的地方了。

眼前約四公尺處有一間掛著紫色招牌的商店，上面寫著「德吉洛魔法商店」這個不可思議的店名。

克凌走近商店，門口附近的竹籃子裡放著一些像菜瓜布、抹布、橡膠手套、平版衛生紙一類的商品，這裡看起來只是普通的五金量販店。

因為好奇而湊過來看的克凌嘆了口氣，找錯了。但一轉身，一名留著一頭藍色秀髮的少女竟無聲無息地出現在他身後。

「幹！」克凌嚇到飆髒話，但冷靜下來以後，克凌發現對方是個從來沒見過的超級正妹。

眼前的少女穿著一件黑圍裙，圍裙上的名牌寫著「白雨芯」三個字；穿在裡面的暗藍色襯衫跟留著淡藍長髮的她相當適配，而且少女笑起來的表情可愛得能讓他暫時忘掉生活中各種痛苦，克凌忍不住盯著眼前少女的臉看了快十秒。
「午安！請問您在找些什麼嗎？」
面對提問，克凌連忙搖搖頭：「沒事、只是看一下而已。」
「既然會『看一下』，意即『在找什麼』吧。告訴我嘛，說不定我知道你要找的東西在什麼地方。什麼都不說的話我怎麼知道您要找什麼呢？」
「妳家是賣什麼的？」
「我們家是魔法商店，不過也有賣很普通的日常用品。像是最近文具用品全面七折優惠促銷，如果需要的話也可以問問看！」
「妳們有賣網子嗎？」克凌問。他懶得問店員說的魔法商店是什麼意思。
「如果是捕魚用的網子，可能明天才能拿來……」
「我要捕蟲網。」他糾正。
「不好意思！捕蟲網的話我們店裡面有喔！不過種類有很多呢，請問您想要哪一種？」
「隨便，可以抓蟲就好了。」
雨芯比了個「請」的手勢，邀請他進來。
店裡面的擺設就跟普通商店一樣，裡面沒看到什麼像下咒用的道具，不過就算有克凌也不會買，因為他沒錢。

「有什麼心事嗎？」

雨芯突然說出關心的話，但克凌避而不談：「沒什麼。」

「您的想法都已經顯露在臉上了喔。雖然說要抓蟲，可是您的反應卻不開心，就像是被逼著做什麼事似的，所以我想是不是您在學校裡遇到了什麼問題？」

「有問題又怎樣，妳能幫我解決嗎？」

「只要您願意說的話。」

「這個世界上沒有半個可以信任的人。大家都不把我當人看，就算我很痛苦也沒人要鳥我！」

「您想要報仇嗎？」

「不要……那樣好累。只要可以讓我活得更自由就好了。」

「那樣的話我們店裡有很適合您的捕蟲網喔！」

在克凌對這句話的意思感到納悶之際，雨芯早已從後面的倉庫裡取出一根有著銀色細長手柄的捕蟲網放到他面前。

「這是『萬物穿透捕蟲網』，只要五十元，很適合你這樣的學生喔。」

「蛤？」

「只要用手接觸網子的部分五秒鐘，你就能得到穿透一切固體的能力。」

雨芯已經看穿他不信任的反應，因此親自示範。她輕輕摸一下網子，接著用手觸摸後方的牆壁。

不可思議的事情發生了。雨芯就像穿越立體投影的牆壁般輕鬆走進牆壁裡，另一隻露在外面的手還在克凌面前揮了幾下。克凌衝過去摸牆壁，那堅硬的觸感告訴他這道牆不是幻影。

「感覺怎麼樣啊？」

雨芯的臉突然從牆面穿透出來對克凌笑著問道，害克凌再次嚇得跌倒。

「只要得到穿牆的力量，就再也沒有人能夠碰到你，也沒有人可以阻擋你。這是不是很棒的力量呀？」

克凌是一個不相信神存在的無神論者，當然也不相信魔法還是超能力的存在。可是奇蹟剛才就在自己眼前發生了。

「我問妳，要是我不想要穿牆的時候，要怎麼變回來？」

「這個很簡單，只要你再用手觸摸網子五秒鐘，你就能變回來了，不用擔心變不回來的問題！」

「那我帶在身上的東西呢？我身上的衣服呢？」

「在你得到穿透力的同時，你身上的東西、手上的網子還有衣服都會跟著你一起穿透。」

「這真的只要五十元？」

「我是這間店的店長兼唯一的店員，店長都這麼說了當然沒問題！」她拍拍胸膛保證。
克淩完全忘記報告的事情，他開始滿腦子想著要怎麼利用到手的力量自由自在地活下去。
「好，我要。」他掏出五十元硬幣給雨芯。
「收您五十元，謝謝光臨！」細心把捕蟲網用紅色包裝紙包起來的雨芯，親切地把商品交到克淩手中。

※

在克淩得到萬物穿透捕蟲網當天，城市裡馬上發生十幾起手法不明的竊盜案。
大部分失竊店家都是在鐵門深鎖的情況下，財物在密室之中憑空消失。有些只是單純便當一類的食物失竊，有些則是被偷走好幾萬元。
這些當然都是克淩幹的。
他現在躲在家裡大口吃著剛從便當店裡偷來的燒肉便當，邊數著從服飾店裡偷來的鈔票。
他的心情從來沒這麼爽過，因為他從來沒拿過這麼多錢。
「爽。」
偷來的錢總共有五萬多塊，可以讓克淩去高級飯店的豪華套房住一晚、吃一客高級和牛牛排，接著再換支新的手機都沒問題。

克凌有太多想要卻因為錢不夠而得不到的東西，現在他終於能實現願望，簡直就像在作夢一樣。

那些他以前得不到的東西，現在全部都輕易拿到手了。

克凌丟下空便當盒，光是想到自己接下來可以做的事，他就興奮得不得了。

他從來不知道世界上還有這種道具的存在，更沒想到只要五十元就買得到。

吃飽飯後要去哪邊玩呢？去自己沒去過的地方，像是夜店或酒吧？不過要是被警察臨檢抓到，事情會很麻煩，還是去別的地方好了。

剛才重複使用幾次以後，克凌已經抓到了訣竅。只要進入房間以後馬上觸摸網子，自己就會恢復原樣，把想要的東西塞進口袋與懷裡後再摸網子，那些東西就會跟著自己一起穿牆帶出來。

身體穿透牆壁的感覺真的很不可思議。

在行動之前，他在家裡實驗過幾次。首先他把以前玩過的彈珠丟進網中，彈珠在網子裡滾了滾，然後克凌把它從網子裡倒出來。

他用指尖觸碰掉落在地上的彈珠，指甲的觸感就像穿透果凍般滑順。彈珠在接觸網子的同時也顯然變成另一種物質。不可思議……他驚嘆。如果自己的手伸進去的話，那自己也會變成另一種物質嗎？

他強烈的好奇心甚至讓他忘了現實的煩惱，直接將手伸進網子裡。最先從指尖傳來的是絲質般的柔滑觸感，手指沒感覺到任何變化，但是不一會兒，他的手指便感受到絲質網像融化的巧克力般散開，好像沒什麼感覺。

手指乍看也沒有變化，但他試著碰了玻璃窗的窗面，玻璃好像果凍那樣被擠到四周，他的手穿透了窗面。

「穿透了……我穿透了！」

他忍不住放聲大笑，整隻手在玻璃窗上亂攪一番。被攪動的地方雖然像水面掀起波紋，等到他把手抽出來以後，玻璃窗依然完好如初。

他把右手打進水泥牆，那感覺就像陷進一團霜淇淋般黏稠，他深吸一口氣後鼓起勇氣一頭鑽進去，雖然感覺就像衝進用霜淇淋做的牆面一樣，更不可思議的是克凌沒有任何窒息的感覺，連憋氣都不需要，接著他成功地穿透水泥牆然後來到房間另一端。

異樣的興奮感從克凌內心深處湧上，這樣一來他也能成為超能力者了！力量……他得到力量了！

適應這種感覺以後，克凌才開始做自己想做的事，拿自己想拿的東西。

現在的自己真的自由了，以後可以不用管家裡煩死人的爸媽，也不用被這個虛偽的社會束縛。

克凌發出得意的笑聲。

隔天，躲在家裡不知該如何是好的直純，在看到朋友傳來的新聞後得知了這一連串事件。同樣躺在床上，懊惱地想著該怎麼向直純重新開口的映恆，也在電視新聞上看到這起神祕偷竊事件。

直純很習慣地想要先傳訊息告訴映恆這件事，但剛拿起手機，她馬上就想起自己已經跟他斷絕往來，馬上生氣地放下手機。

這段日子直純都跟他一起分工合作尋找商店的客人，現在突然變成獨自行動，她一時間還沒想到下一步的詳細計畫。

「堯雲……妳可以幫我嗎？」

直純用手機撥下另一組號碼，然後對著同班同學求救。

「我現在只能一個人行動，所以妳就幫我注意接下來哪邊有沒有出現奇怪的竊盜案，找到的話就告訴我！」

「等一下、妳突然要我找這個我也找不到好不好，我現在……」

「現在新聞上有報導神祕的密室偷竊事件對不對？我想知道的是這個！拜託妳了！」

著急的直純把話說完，就把手機塞進口袋，並抱起那盆向日葵跑到外面去。

現在她能做的就只有靠著手邊的道具把那個客人找出來。

當她來到自家附近的立體停車場外面時，便聽見身後傳來輕快的腳步聲。

直純回頭，有個高中少女神色愉快地從她的背後走來。少女那一頭淺藍色長髮也輕盈地飄揚著。

「是妳……」

直純的聲音不禁變得生硬。

因為對方就是德吉洛魔法商店的店長——白雨心。

「嗨！」雨芯用像是跟老朋友打招呼般自然的嗓音喊道：「今天只有妳自己一個人嗎？」

「妳來這裡做什麼？」直純反問，不敢大意。

「別這麼緊張嘛，該不會是跟妳的男朋友吵架了？」

「……」

「難得只有妳一個人在，那就趁著男孩子不在的時候來一場女孩子的悄悄話吧，嘿嘿！」

雖然藍髮美少女店長發出「嘿嘿」笑聲的樣子很可愛，但直純還是死瞪著她。

「我不想要跟妳講話，妳一定有什麼陰謀吧。這次的竊案是怎麼回事？」

「這個嘛……我還沒看這幾天的新聞，所以不知道妳指的是哪件事喔。」

「妳在說謊！」

「我沒有騙妳啦。我記得自己推薦、賣出的商品有哪些，但不是每個客人做了什麼我都掌握得一清二楚。像是有些客人用我的商品救濟了倒臥病床的朋友還是救了親人的性命，那種事我沒興趣瞭解啦。」

「所以也有人用商品來拯救別人嗎？」直純還以為大部分的客人都是那種自私自利只為了滿足自己的欲望而行動的壞人。但就算有好人，他們使用禁忌力量的下場想必還是不會太好。

「算了，我沒什麼好說的。」

直純當然不會蠢到跟惡魔交易第二次。

「妳應該也沒有什麼著急的事情要辦吧，那麼花三分鐘的時間，聽我說一個對妳有好處的提案怎麼樣？」

「又是上次說的那個可以治好我朋友的藥嗎？我不需要。」

「賓果！除了這個之外，今天我有另外一個好消息要告訴妳喲！」白雨芯神祕地搖搖手指否定直純的話。

「其實只要沒有這些事情的話，妳也不需要為了跟那個男孩吵架而煩惱了嘛。讓妳的朋友全部恢復健康，還有跟這些事情永遠say goodbye，妳真的不想要嗎？」

一切混亂的罪魁禍首依然用感覺不出罪惡感的輕快聲音說著。

「我不相信妳，妳只是假裝要幫我，其實是想要繼續玩弄我而已！」

「哈哈，像妳這樣敢反抗我的人類實在很有趣呢！」雨芯的嘴角輕輕勾起一道快樂的弧線。

「所以說我不打算傷害妳也是真的，我只是想要跟妳好好相處，然後請妳幫我一個忙而已，絕對不是什麼很困難的要求！」

看到直純依然一臉不信任的神情，雨芯不禁露出看著可愛小動物般的眼神。

「也好，只是嘴巴上說說也沒辦法讓妳相信我，那我就用一點實際行動來證明吧！」

雨芯朝直純的方向靠近一步。

「妳要幹嘛！」

直純抵抗，雨芯仍毫不在意地朝她靠近，然後展開她的手臂，輕輕擁抱她。

「呀啊……」

被這個看似年紀相當的少女抱住，直純本來感覺到相當抗拒，但她聞到雨芯身上有一種像植物精油的味道，這股味道不可思議地讓她暫時忘了內心的不滿，慢慢平靜下來。

「仔細看的話，妳還蠻可愛的。」雨芯細細低語的聲音也好像有一股魔力，軟綿綿的，讓人不自覺地放鬆。

「嘿嘿，從現在開始我們就成為朋友了！」雨芯笑嘻嘻地說道：

「我想要拜託妳的事很簡單，只要從今天開始不要再管那些客人，讓他們走上自己的道路就可以了！讓他們為所欲為，然後自取滅亡，這樣子我能開心，妳也可以找到治好同學們的方法！」

直純雖然全身放鬆，但她的腦海裡也馬上想到這股香味可能也是某種魔法商品的可能。

說完的雨芯馬上把直純放開，用充滿期待的目光望著她。

「要是妳放著這次的客人不管，讓他自然而然地得到報應的話，那我就遵守諾言，把上次讓妳看過可以立刻治好她們的藥交給妳，不要讓妳的好朋友失望喲！」

「我跟妳根本就不是朋友！」

「嘿嘿，不要害羞嘛！原來妳是傲嬌型角色嗎？嘴巴上說討厭但心裡很開心的那種人？」

「走開！妳很討厭！」

「要是不想演傲嬌的時候，隨時都可以來找我喲！」

雨芯說完，邊唱歌邊跳著離開現場。

直純一個人站在原地，腦海仍在回想剛才雨芯說過的話。

「我才不要……」

直純像是要穩固自己內心的意念似的喃喃自語。

「誰是妳的好朋友……我才不要聽妳的話……我偏偏要去找那個客人！」

不管是玩弄人類的雨芯，還是為了報仇而犧牲他人的映恆，她都不想要認同，直純覺得自己如果現在不證明自己的信念，就真的跟任人玩弄的傀儡沒兩樣。

她戴上梅杜莎髮箍，然後邁開大步跑了起來。

※

這個時候，克凌還不知道接下來會發生什麼事，仍抓著網子在路上閒晃。他的手裡還提著一隻手提袋，裡面裝著許多他從各種地方拿來的東西。從他想要吃的零食到他一直想要買的遊戲，銀樓的金條、進口糖果、高級巧克力、精品皮夾、現金……他想要的一切都雜亂地塞在裡面。

今天大概是克凌人生中最爽的一天，比美夢成真還要爽。街上的商店和金庫都像他家的冰箱冷凍庫，他想吃什麼想拿什麼隨時都可以打開拿到爽。

從沒有監視器的暗巷穿牆進入建築，在建築裡面看到想要的東西以後就變回來，接著再讓贓物跟著自己一起進入穿透狀態帶出去。不會留下指紋或任何痕跡，只要沒有被人看到或拍到，就一切神不知鬼不覺。

不過為了避免真的被人看到，他還是戴上口罩與墨鏡把臉遮住。

克凌把高級巧克力塞進口中，那有如絲綢般滑順而甜美的滋味跟便利超商賣的廉價巧克力棒根本不一樣，他非常心滿意足。

他不禁想起自己國小四年級生日時的事情。那年他跟媽媽一起逛大賣場，在貨架上看到新上市的瑞士巧克力，因為那天正好是克淩的生日，所以他回家後就拜託爸爸買一盒瑞士巧克力給自己當生日禮物。

那個時候爸爸正好剛回家，而且心情非常惡劣。不知道是不是因為克淩拜託的聲音讓他覺得太煩人了，爸爸直接抓起桌上的棒子朝他打下去。

——你除了吃什麼有建設性的事都不會想是不是？飯桶。

爸爸當時那句像洩憤般的話，到現在都還深深插在克淩的腦海之中。

罵完這句，爸爸還繼續說了許多尖酸的話，接著媽媽為了保護自己跳出來，然後兩人又開始繼續吵架，最後原本應該開開心心的生日又變成了悲慘的一天。

那個時候他真的只是想要吃好吃的零食而已，什麼惡意也沒有，卻換來這麼淒慘的結果。克淩從那天就明白，沒有人會給自己任何他想要的東西，就算是家人也不例外，就算他只想要一盒簡單的巧克力也難如登天，這就是人生悲慘的真相。

他又把好幾塊高級巧克力塞進口中，克淩覺得當年的遺憾得到了彌補。

那個美少女店長就是他人生的救世主。她賜予自己的力量讓克淩能不靠任何人的協助就得到自己應該得到的東西，也賜予了自己自由的生活；要是再去那間店裡買更多魔法商品的話，他就能得到更多力量。

肚子又餓了，克凌打算等一下去附近的麵包店廚房裡偷幾塊麵包來吃。這幾天偷來的錢已經在住飯店的時候用得差不多了，他要先去弄點錢來花。

當克凌站在某棟大樓的逃生門前準備使用捕蟲網時，一道冷酷的少年嗓音傳進他耳中。

「這段時間到處下手偷竊的人就是你對不對？」

克凌慌張轉過身，有個看起來像高中生，比自己年長好幾歲的少年正注視著自己。他就是桑映恆。

「你誰啊？」

「來阻止你繼續為非作歹的人。」對方簡潔地回答，然後靠近一步。

「你手上的東西都是贓物，要是交給警方的話，馬上就可以把你逮捕了。」

「不要亂講，走開啦！」克凌不想跟這個人說話。

「你手上的那根網子，就是從魔法商店裡買來的商品吧。就算用魔法道具偷竊沒辦法定罪，你在這邊鬼鬼祟祟的樣子，我也已經拍下來……」

「啊我就叫你走開了你是聽不懂是不是！」

克凌直接打斷對方的話，在背後用手指觸碰一下網子，接著馬上躲進汽車後面的暗處。

映恆馬上追上去，但克凌竟然憑空消失了。他感受到商品的氣息穿透附近的牆壁並快速遠離，原來這次的商品能力可以讓人穿牆。

克凌剛才趁著躲起來的空檔穿過牆壁逃跑。捕蟲網為了避免讓使用者直接穿透地面往下墜落，因此設下無法讓使用者穿透地板的魔法限制，這點克凌在試著跳進下水道時就已經知道了。他在無人的巷弄牆壁間來回穿梭，試著甩掉追兵。捕蟲網給克凌的能力只有穿透各種物質，但沒有隱形能力，所以他的逃跑路線都在人少又陰暗的地方，他最討厭在大庭廣眾之下做引人注目的事，只要跟人群扯上關係就絕對沒有好事，討厭死了。

映恆追過來的腳步聲依然傳到耳中。煩死了，為什麼他會知道這根捕蟲網的事？是他在哪邊跟蹤自己嗎？還是他是哪間店派來抓自己的人？第一次跑得這麼喘的克凌沒有思考的力氣，當他逃到某棟大樓的逃生梯裡面後便坐下來喘息。

對方就算知道自己有穿牆的能力，也沒辦法穿過大樓的鐵門進來抓自己。

得到休息空檔的克凌開始想這是怎麼一回事。

對方可能也是魔法商店的客人，然後他也想要這根捕蟲網，所以才會知道自己的祕密並跟蹤自己，想要用偷竊的事威脅自己交出網子。

可笑。他這一生想要卻得不到的東西太多了，怎麼可能乖乖把到手的力量奉送出去？這是不可能的事！

另一個可能是他是偷竊的受害者，而且也剛好是魔法商店的客人，為了討回公道所以才跟蹤自己，企圖拿回損失的東西。

但對方看起來很年輕，外表年紀頂多就大自己五、六歲左右，他應該也只是哪間店的打工人員，猜不出來會是哪種店的店員，至少不會是銀樓那類的。

但到手的東西也沒有再還回去的道理。因為用力量證明誰比較大就是這個世界的真理，國小到國中都是這樣子，當然社會也是這樣子，自己哪有可能去可憐那種陌生人？

總之不管哪種可能，他都不想再看到那個人。他最討厭人類社會了，它就像深不見底的沼澤，跳下去就會不小心死在裡面，所以這個社會怎麼樣他才不管。

「你就在裡面對吧？」

映恆的聲音從逃生門外傳來，他竟然連自己躲在這裡都知道，克凌覺得超噁心。

「把你手上的網子交給我，然後不要再做壞事了。」

「要你管啊，我叫你走開！」克凌怒吼。

「我叫你把網子交出來！」

「滾啦！」

克凌在頭上戴了一個紙袋面具遮住臉，馬上變成穿透狀態，然後抓著袋子逃離大樓。

他只覺得很煩，想要趕快甩掉那個人。

在路上逃跑的克凌穿過路上的車輛還有路人的身體不停奔跑，現在顧不得會引人注目的事了。那些被克凌穿透身體的路人們發出恐慌的驚叫，看到克凌穿過車子的駕駛們也被他嚇到不知道該如何閃避，結果撞上路邊護欄引發連環車禍。

「吼喲煩死了，事情怎麼會變成這樣子啦！」

克凌看到車禍又不禁覺得煩人，於是連忙跑進附近巷子裡面藏匿身影。

「幹，看到鬼！」、「剛才那是什麼啦……」、「阿彌陀佛、阿彌陀佛！」外面的路人都以為自己看到鬼，整條街都陷入混亂。有人拿著手機想要繼續尋找鬼影，也有人坐在地上大哭，不過大部分的人都因為車禍意外而氣憤不已，準備上傳行車紀錄器的影像找兇手。

現在要躲到哪裡比較好？下水道裡面嗎？但自己又不能穿透地面。

在克凌感到焦躁的時候，另一個意想不到的人也來到他身邊。

「你就是魔法商店的客人吧。」

克凌抬頭，眼前的人物是一個懷裡抱著一盆向日葵的少女。她的年紀看起來跟剛才的少年差不多，大概也只比自己大幾歲而已。

「妳要幹嘛？妳也是剛才那個人的同夥嗎？走開啦！」

「冷靜一點……你說的那個人是誰？是一個看起來有點冷酷的男生嗎？」

「反正妳就是要來抓我的，我不想跟妳講話！」

克凌再次拒絕對話，穿透牆壁逃離現場。

「先等一下嘛！」

好不容易靠著向日葵的力量還有騷動的聲音找到客人的直純大叫著。剛才路上的騷動一定就是他用穿透能力造成的，還有……映恆也在追趕他。

「你先回來聽我把話說完啦！不要跑！」

讓他到處亂跑的話一定還會引發更多混亂，直純馬上追過去。

克凌完全不想跟這些陌生人講話，跟這種別有用心的人講話根本就不會有好事發生。

「先聽我解釋，你不能用那間店賣的東西……」

「走開。聽不懂我的話嗎？」遠處傳來克凌的怒吼聲。

克凌可以穿牆，但直純不行，她在必須到處繞路，追得很辛苦。

而且在這種時候，直純還很碰巧地遇到了同樣在獨自追趕那個國中生的映恆。

「……」

站在路上的兩人都沉默一下。

「我現在很忙，不想跟你說話。」

直純口氣不滿地丟下這句話，準備繼續追過去，但映恆也跟了過來。

「你很煩耶，幹嘛在這種時候跟過來啊？」

「我才沒有跟著妳，我要追那個商店客人。」

「那就不要追了！你找到他又要幹嘛？把他的靈魂抽走然後買更多魔法書嗎？」

「我說了，因為那個人是個自私自利、殺害別人的壞蛋，所以我才這麼做，這個人只有國中而已，我不可能對他做那種事！」

「有證據嗎？證明你以後都不會傷害人！」直純瞪大眼睛。

「我已經保證過了，但是妳不相信啊！」

「我要怎麼相信你？」直純一回想起那天的事情還是難以置信。

「把別人的靈魂當成自己交易的籌碼……就算理由再怎麼無奈，我也不會原諒的！」

「可是這個無奈的理由也可以幫到妳！妳不是也不想讓魔法商店繼續害人嗎？妳不能原諒我，難道就能原諒那間店嗎？」映恆一時間也忘記捕蟲網客人的事，開始跟直純爭吵。

「我什麼時候說過我要原諒魔法商店了？不要隨便亂斷定別人的想法！」

「因為魔法商店而死掉的人可能有好幾十個，但妳只是因為我用了一個冷血壞人的靈魂就不原諒我，這樣子的話妳更不該原諒那個人吧！」

因為兩人爭吵太過激烈，路上有好幾個路人也不禁望向他們。

直純因為生氣而全身發熱，她有一股衝動想要把映恆用力推倒在地上然後踹他好幾腳。

這個時候，徐克淩已經不知道逃到什麼地方去了。

「我現在很生氣，所以不想要再看到你了！」

「我也對妳很失望……」

直純直接生氣地跑離現場，他從來沒想到身邊的這個夥伴居然是這麼冷酷的人。

她明白那個用催眠蠟燭的客人是個傲慢又不把人命當一回事的人渣，也覺得那樣的人真的只能死。

但她還是沒辦法接受身邊的人殺人這種事。

一想到這裡的直純，眼中不禁蓄滿不甘願的淚水，她放下向日葵，靠在騎樓的柱子旁開始低頭哭泣。

「為什麼……事情怎麼會變成這個樣子……」

直純冷靜下來之後，憤怒慢慢變成悲傷，她現在只想哭，剩下的事情都不想思考。

另一邊的映恆也一樣，他暫時沒有心情追那個國中生，只是靜靜回到自己的房間沉澱心情。

或許直純說得對，就算是為了打倒魔法商店，自己有罪的事實還是不會變。

那自己該如何為了抽走彭名謙的靈魂這件事贖罪呢？

這個問題目前映恆心裡還沒有答案。

※

那兩個人不知道為什麼沒有追上來，這對克凌來說超級幸運。
「煩死了，我想要好好玩一下都不行……」
他猜兩個人應該都是想要自己手上的網子。下次要去拿什麼東西之前，一定要先規劃好逃跑的準備，不管是那兩個人還是警察追來都一樣。
疲累的克凌抓著整袋的戰利品回到家裡。他本來以為沒有人在家，結果媽媽今天竟然提早回來。
「你去哪裡了，怎麼這麼晚？」
聽到她厭倦的聲音，克凌一點也不想要回話。這個時候，她看到克凌手上充滿各種商品的袋子，眼睛瞪大。
「你那些東西是哪裡買來的？怎麼會有那麼多錢？」
「走開啦，不關妳的事……」
「你現在是什麼態度？」媽媽拉著克凌的手，然後把他的手提袋搶過來看。
「這是什麼？為什麼裡面會有金條？我什麼時候給你買這麼多零食的錢？回答我啊！」
「我就說不關妳的事啊！啊妳呢，不是要照顧爸爸，現在怎麼又在家裡？」
「媽媽累了。」她很乾脆地回答：「這幾天媽媽跟爸爸已經談好離婚的事情，那個人的事情我已經不想再管，媽媽受夠了。」

「哦，是喔。」突然聽到這種事情，克凌一時間也沒有太驚訝的反應，克凌也覺得這種事遲早會發生。

「那妳就不要再管我啊。」

「喂，你還沒回答我的問題！那些東西是……」

「不要煩我！」

回到房間關上房門，克凌拿出手機看通訊軟體裡面的未讀訊息，那是他們這組的討論群組，裡面寫著「你怎麼這麼慢　蝴蝶抓到了嗎」。

現在他只覺得累，隨便回了一句「我要睡了　改天聊」就沒有再說明。當然，現在他都有超越一般人的力量了，幹嘛還要去上課？說不定他明天開始就可以直接蹺課去外面賺錢，反正媽媽現在也沒資格管自己吧。

媽媽在房門外大吼大叫的聲音一直傳進耳中，克凌卻仍然專心地思考如何利用捕蟲網的力量。

「對了……如果再去那間店一次，然後拜託可愛的店長賣其他東西給我就可以了啊……」

現在他已經有足夠的資金，就可以再買更多道具，那樣的話再遇到那兩個人還是警察也不用怕了。

「好，明天就直接出發！」

從小時候到現在，他當乖寶寶已經當到累了，而且當個安靜的乖寶寶只會吃虧，所以他要把這些人生的鳥事全部拋到腦後，自由自在活出自己的人生。

隔天早上六點一大早，克凌就揹著背包出門。

全身都包得密不透風的克凌抓著網子站在後巷之中，他剛剛才穿過這面牆，進入一間便利商店的倉庫裡面，偷走了放在裡面的飲料和數十顆飯糰後再跑出來。就算被監視器拍到，警察也不會相信有穿牆人跑進來偷東西這種事，絕對沒問題的！

在這個沒有人會真心伸援手的世界中，他也只能這麼做了。

他曾經信任過別人，相信班上一個可能會成為朋友的同學，相信對方會在他被欺負的時候挺身而出，但事實證明每個假裝要幫他的人，在搏得他的信任後都搶了他的好處就一走了之，那個同學也只是躲在教室裡面裝死，這些事情都再三證明這世界上根本沒有「信任」這種東西存在。

沒有人能信任，自由是自己爭取來的。

吃了偷來的飲料跟飯糰，他的心情好多了。

接著還是要繼續工作賺錢才行。去銀樓風險太高了，還是去哪個富商的公寓大樓裡面拿些錢好了。他的視線捕捉到附近一棟還算華麗的大廈，那裡可以當成下一個目標。

「不要跑！」

抓著掃把從後門出來的店員追了上來，偷竊的事居然被發現了。他嫌煩地嘖了一聲馬上逃跑，拿起網子觸碰好幾次。

「小偷！那邊有小偷！」店員大聲呼喊，但他跟手邊物品悄悄地穿透路邊的圍牆，消失在店員眼前。

店員還有其他追來的人應該正站在路上，目瞪口呆地看著神祕的穿牆人消失在眼前，然後一邊錯愕地摸摸自己剛才穿過的牆壁吧。克凌覺得很滿意，而這份力量還有更多可以利用的地方，除了拿來偷竊，他還要用這份力量向那些曾經欺騙他們的人復仇。

如果網子的魔法可以讓他穿牆的話，那是不是表示他也可以穿透別人的身體，然後在他們體內放些有趣的東西呢？像是在別人的腸胃裡放美工刀刀片，然後把對方折磨到生不如死。

克凌把出現在腦中的念頭忘掉。就算自己真的很討厭那些人，但他還是不想對別人做那麼血腥的事。

「那個小偷剛才穿牆了……我沒騙你，他真的跟鬼一樣穿過牆壁然後不見了！」

店員不知道向誰大聲解釋的聲音傳進耳中。他大概是被老闆罵了，不過這就是世界上到處都在發生的現實，克凌今天只是讓其他人也體會一下自己身上的痛苦而已。

克凌轉身從現場逃跑。他沿著大樓的陰影移動，在來到一棟公寓的樓梯間後解除穿透狀態，假裝成普通人走到街上。

這時，昨天聽過的少年聲音再次傳進耳裡。

「我找你找好久了。」

穿著一身黑色夾克大衣的桑映恆站在巷口，模樣就像埋伏在那邊許久似的。

「昨天被抓一次還不知反省，現在還在繼續偷竊啊。」

「關你什麼事？」

「既然昨天遇到那種事，就等於你已經被嚴重警告一次，你現在就要反省自己做的事才對。但我看你就是完全不知改進的那種人。」

「我就說了不要管那麼多好不好！你是警察嗎？還是正義小超人？那又不是的店裡的東西！」

「這跟那些飲料是哪間店的東西沒有關係，做這種事你都不會有罪惡感嗎？」

「那又怎樣？我也是沒辦法才這麼做的啊。」克淩隨口回。

「那我只能強制沒收你手上的網子了。」

映恆靠近，克淩馬上觸摸網子讓全身進入穿透狀態。

「再見啦。」

克淩再次轉身穿牆逃離現場，映恆當然立刻追上去。

克淩也知道就算逃得再遠，對方也知道自己的所在位置，除非逃到他絕對到不了的地方，

不然一切都沒有用。

他不停地在牆與牆之間奔跑，然後試著找出甩掉對方的方法。這時克凌很幸運地看到路邊正好在進行下水道施工，下水道的蓋子已經被打開放在一旁，正好可以利用。

「等一下！」

映恆追過來的時候，克凌已經順著梯子爬進下水道裡面。如果逃到地底下的話，要找到他的難度就更高了。

接下來發生的事都跟克凌預想的一樣，只有從下水道口進入地下，接下來才能繼續在下水道裡移動。雖然這樣子很麻煩，但克凌總算可以甩掉那個奇怪的追兵了。

「喂，你不可以進來！」

裡面的施工人員大叫，但克凌穿過他們的身體還有汙水，朝下水道深處跑。施工人員們還以為自己看到鬼，嚇得連忙爬到外面去。

「他居然跑到下水道裡面！」

映恆不禁咒罵幾句髒話，然後在地面上繼續跟著跑。

就算對方逃進下水道裡面，人在地上的映恆還是可以感覺得到他的氣息與位置。只是對方在地下可以隨意奔跑，自己卻還是必須繞開建築與障礙物才能跟上，而且還不知道對方會從什麼地方跑出來……

對了，映恆突然想起一件事。

如果他要從下水道裡面出來的話，應該還是只能從原本就打開著的下水道口出來而已。起初映恆以為他也有穿透地面的能力，隨時都可以潛進下水道，但是他卻還在找到打開的下水道口後才跳進去，這就表示他其實沒有任意穿進地面的力量。

那樣的話，自己只要守在這附近同樣因為下水道工程而打開的蓋子就夠了。

這點克凌在逃進下水道以後也想到了。

他可以穿透的就只有牆壁、門或前方的物體，所以沒辦法抓著通往下水道出口的梯子往上爬；要是先恢復正常再抓著梯子爬到蓋子下方變成穿透狀態，他的手又會再次穿透梯子然後讓他掉進汙水裡，這點反而把他困在下水道裡。

「煩死了，這樣子不就又要從原本的地方爬出去？」

克凌說著滿口厭煩的抱怨，然後朝原本的出口一帶走去。他也在提防那個人埋伏在外面，所以把放在背包裡面的美工刀拿出來準備反擊。

克凌站在沒有污水的平台上變回正常狀態，沒想到逃進下水道這點是個大失誤，他要爬出去。

映恆雖然不知道他沒辦法穿透天花板與地板的事，不過從氣息的位置還是能知道他回到原本的出口附近，於是便在打開的下水道出口外等著。

「找到你了。」

在克淩快要來到出口時，直純也不巧地出現在自己身後。

「如果不想幫忙的話就走開，我現在沒空陪妳浪費時間。」映恆只轉頭丟下這句話。

「可以阻止你再傷害別人的話，那就不是浪費時間了！」

現在她已經認定自己就是要傷害那些客人，多說也無益。

「想跟我打架嗎？」

「來啊！別以為你是男生我就打不過你！」直純挑釁。

兩人移動到下水道口旁邊的公園裡。

「真的受傷的話就不要怪我。」

戴上梅杜莎髮箍的直純把頭髮變成無數條棕蛇，準備應戰。

要動手打江直純這麼可愛的女孩子讓映恆內心感到抗拒，但現在他只能動手。那個人之後再追上去就好。

直純先衝向映恆。

她一邊用像手一樣操縱自如的頭髮抓住事先準備的普通木棍，一邊直直衝向映恆。

映恆完全不害怕地拉住直純的手，接著用力壓住她的手肘；直純也不留情地反擊，用頭上的蛇去咬映恆的手。

只要自己不去刻意想著毒殺對方的念頭，這些蛇就不會釋放毒素。在咬住映恆以後，直純用木棍架住他的脖子，同時也改用蛇髮纏住他的手。

「不要動！」

直純拿出繩子，想要把他的雙手綁起來。映恆卻趁著直純拉開繩子的空檔朝她的腳踢下去，讓她差一點跌在地上。

「我沒有要對那個小朋友怎麼樣，妳冷靜一點！」

「沒有要做什麼，那就把他交給我啊！」

「妳又感應不到他在哪裡！」

映恆趁著直純背對自己，重新扭住她的手。直純後腦勺上的蛇也群起反擊咬住映恆的手臂，讓他痛得忍不住鬆手。

剛才的偷襲讓直純生氣了，她感覺像被信任的朋友背叛般難以置信。

「總之給我安靜一點！我現在真的很生氣！」

「但我現在沒空陪妳鬧脾氣！」

就算手臂被直純的蛇髮緊緊咬著，映恆依然忍痛繼續扭住她，然後順勢將直純的身體重摔在地上。

直純只是讓蛇咬著自己，但沒有讓蛇髮注入蛇毒，映恆不禁為她在這種時候微小的溫柔感到開心。

「妳真的打不過我呢。既然都輸得這麼難看妳還是不想幫我，那就回去吧。」

躺在地上的直純忍著劇痛想開口，卻發不出正確的聲音，只能看著映恆跑離現場。

她只能憤怒地搥著地板，痛恨自己的無能為力。

※

趁著剛才那個人跟另一個女生打架的時候，克凌搭上計程車，盡可能讓計程車載著他到遙遠的地方後再下車。

本來以為得到不可思議的力量之後，就不會有人管自己，但顯然現實並非如此。

不過還有一個辦法，那就是多弄些錢然後逃到別的城市去。那個人怎麼看都只是個普通的高中生，就算他再會抓人，只要跑到他到不了的地方就夠了。所以今天先去那間魔法商店買更多可以用的東西，晚上再去準備可以用的錢，接著再逃到別的地方，就可以跟這段討厭的人生還有討厭的家庭永遠說再見了。

他覺得自己也只能這麼做了。因為那個家早就已經四分五裂、無藥可救，而且他也只是沒有朋友的邊緣人，就算離開也沒什麼好留戀的。

克凌把千元鈔票丟給司機後，連零錢都不拿便直接跑掉。這附近一帶不是他找到魔法商店的地方。他思考一會，還是先在附近隨便拿點錢，以確保接下來的旅費。

附近的幾間房子裡看起來都沒人，克凌從一個隱祕的角落穿牆進入屋內，這一帶都是一般住宅，克凌還要翻箱倒櫃一陣子才能找到錢或值錢的東西。

「有小偷！」

在克凌把錢塞到口袋裡的時候，屋子裡突然有人大叫。他馬上用手碰觸網子，穿過牆壁然後逃離現場。

他聽到身後的房子裡傳來一陣慘叫聲，剛才的住戶看到小偷突然穿牆離開，還以為自己看到鬼，嚇得不知所措；而且這次克凌沒有像早上偷超商的食物那麼幸運，因為附近剛好有巡邏員警在場，一聽到聲音就馬上跑過來查看狀況。

「怎麼這麼衰啊！」

他穿透上鎖的逃生門朝巷子外逃跑。附近有一間空屋，克凌下意識地直接跑到裡面躲起來。警方的人這時已經來到空屋外面，因為在犯人跑不遠的情況之下最有可能躲在這裡。

「煩死了，快走開啦……」

克凌躲在棄置在空屋裡的機器後面，祈求警察可以快點離開。不過天不從人願，警察們還在房屋的門口來回檢查。

趁警察還在前面的時候，克淩從後面溜走，反正後面就只有牆壁而已，警察絕對不會想到自己居然是從這個堵死的空間裡逃出去的。

當克淩右腳踏出牆壁外，要把左腳抽出來時，屋裡突然傳來警察的叫聲：

「站住，不准動！」

叫聲讓克淩嚇了一跳，然後他的手指非常不巧地，不小心摸到了網子表面。

一陣不祥的觸感從下半身傳來。原本穿透牆壁時會有的泥漿般的觸感瞬間凝固，還來不及跨出來的左腳卡在裡面，而在他意識自己已經跟這面牆合為一體時，一切都已經來不及了！

「好痛、痛死了……！」

一陣像是被砂石車輾過小腿般的痛楚讓他痛到想要當場去死，他甚至覺得自己痛到快失去意識。

——我不要死在這裡啊！他在心裡大吼，試著把左腳從牆壁裡面拔出來，但這反而讓他的腳更痛，一陣破皮的灼熱感讓不安更加沸騰。

完蛋了……真的要在這完蛋了。他雙手用力拉扯左腳，完全沒用。

——對了，只要讓身體再重新變成穿透狀態的話，就可以把腳拔出來了。冷靜下來，不要慌……

克凌一邊試著讓自己內心保持冷靜，一邊重新摸一次網子。

結果他真的成功脫離牆壁。

但左腳陷在牆壁裡的部分，像被精密刀具整齊地切下來那樣完整地保留在牆壁裡，左大腿像被菜刀整齊切過的香腸一樣留下同樣整齊的切口，切口斷面還可以清楚看到他的肌肉與骨頭。

克凌發出一陣慘烈的哀嚎，並痛得倒地打滾掙扎，不管是自由的生活還對家裡的怨恨他在此刻全部都忘了，只希望有誰能救他脫離這個痛苦的地獄。

痛楚讓他頓時間失去判斷力，他再伸手去碰捕蟲網的網面，希望自己先變回來以後再想辦法求援。

不過他忘記這個時候自己的身體正好穿透堆在空屋後面的垃圾。

一陣可怕的慘叫，傳遍整條大馬路。

警察們聽到聲音便馬上趕過來，他們的眼前出現了非常可怕的景象。

克凌全身上下都像被垃圾或障礙物刺穿一般，他的腳與地上的一包垃圾黏在一起，左手臂跟一根斷掉的水管融合在一塊，胸口的部分也和被人棄置的電風扇合體了。

「喂，你怎麼會變成這樣？快叫救護車！」

警察們也沒看過這種狀況，在叫了救護車之後試著移動他的身體。但是一碰到他的身體，克凌就開始發出痛苦不堪的叫聲，就好像他的身體被無數的鐵刺刺穿那般痛不欲生。

警察試著要把那些異物從他的身體裡拔出來，但他們發現那些東西都完完全全地與克淩融為一體，就好像他一出生下來那些垃圾就是他身體的一部分似的。

「啊啊啊……救我……好痛啊……痛死了啊……」

克淩發出呻吟，但是誰也救不了他。就算他再用穿透網讓自己的身體變成穿透狀態，那些脫離自己身體的垃圾也只會讓他的身體渾身是洞、殘破不堪。

不一會兒，克淩的身體因為肺部被異物阻擋導致呼吸困難、全身肢體的血管被垃圾擋住而難以流動，全身的器官都陷入難以正常運作的狀態。

這就是這件商品的陷阱。雖然它可以讓使用者得到穿透一切障礙物的超能力，但是在變回來的時候要是穿透狀態的身體跟其他物體重疊的話，那麼那件物體就會跟使用者的身體完全融合在一起。

就算再進入穿透狀態，融合部分的肉體也會變不回來，變成被切斷或被挖一個洞的殘缺狀態。

變成這副模樣的克淩，就只有死路一條。

為什麼只有自己會遇到這種悲慘的事？

為什麼上天只會讓破碎的家庭、無法信任的環境、悲慘的意外降臨在他身邊，最後自己還要用這麼可怕的樣子死掉呢？

克凌淚流滿面。以目前的情況而言，他受了前所未見的致命傷，很快就會死了。

「救我……爸……媽……我好痛……」

克凌在快五分鐘後斷氣，他終於從這場地獄般的痛苦裡解脫了。

※

死亡現場外已經有不少附近居民議論紛紛。映恆站在封鎖線外，確定克凌已經死在空屋後面的空地上。

因為克凌的死因過於詭異，警方也不知道到底該不該把這起事件歸類為死亡意外。他的身體有十幾處的身體組織跟各種異物融合在一起，導致整具屍體就像是某種實驗的怪異產物一樣，連警方也無法解釋。

映恆來不及阻止克凌。既沒辦法阻止他做壞事，也沒辦法阻止他迎接死亡的命運。

這當然不是直純的錯，那個人濫用力量偷竊，會變成這樣子多半是他自己的問題。

直純在映恆趕來這裡以後不久也到達現場。雖然沒看見屍體的慘樣，不過聽鄰居談話的內容也知道他變成什麼樣子。

「還要繼續阻擋我嗎？」

映恆走到直純面前，尖銳地質問。

「要是妳剛才沒有阻擋我的話，那個人說不定就不會死了。」

「什麼啊，你是說他會死都是我害的嗎？」

「不完全都是妳的錯，但跟妳剛才擋住我還是有關係。」

映恆說的沒錯，直純一時間也無法回話。

「過幾天要是妳還想好好溝通的話……那時候我們再見面吧。」

他離開了，留下直純一個人看著趕到現場的國中生媽媽哭倒在地的模樣。

她絕對不可能會聽白雨芯的話，乖乖接受她的要求；但相對地，她無論如何也不想要接受殺害客人這種事。

這道選擇題不管怎麼選，大概都不會有正確答案。

※

「哈囉，又見面了！」

白雨芯突然出現在直純面前的時候，她用超輕鬆的口氣打招呼。

這裡是通往車站的路上，晚上七點多，下班的通勤族有點多，淡藍色秀髮的美少女店員就出現在路中央，就好像在那裡等了她好久似的。

直純停下腳步，一臉厭惡不想回話。

「我上次的提議，妳考慮得怎麼樣啦？」

「……」

「嗯，還在跟男朋友冷戰，所以心情不好、不想說話嗎？那我推薦可以增強愛情運的香水給妳吧！」

「關妳什麼事？」直純回嗆。

「再來幾次都一樣，我不會跟妳合作。」

「嘿嘿，為什麼呢？那個條件妳不滿意嗎？」

「我已經看過很多客人不幸的樣子，怎麼可能還會相信妳！」

「別講得這麼難聽嘛，我的商品不是幫助很多被各種問題煩惱的人類解脫了嗎？」

雨芯笑嘻嘻的模樣，就像自己做了善事般毫無罪惡感。

「客人最後變成什麼樣子，妳全部都一清二楚嘛。」直純對她這種反應感到厭惡。

「客人可以得到好處，我也可以欣賞人類掙扎的樣子，這不是各取所需、兩全其美嗎？」

「妳來就只是要講這些話嗎？」

「當然是來聽妳最後的答案啊！不過這裡人太多了，我們到別的地方繼續聊吧！」

雨芯突然拉住直純的手臂，趁直純還沒反應過來的時候，抓著她來到附近只有一、兩個人的小巷子裡面。

「這裡沒有人，可以放心聊天了！妳還記得我上次的提案嗎？只要妳不要再管那些來我的店裡的客人，我就把可以治好妳朋友們的商品交給妳，這很輕鬆吧？」

「……」

「把客人在我的店裡買的商品全部搶走然後毀掉，這樣子有什麼意義呢？」

「有沒有意義又不是妳說了算！」直純嗆回去。

「就算阻止了一、兩個客人發洩內心的欲望與激情，整體上來說你們還是阻擋不了更多人的行動。」雨芯用看起來很舒服的姿勢靠在一輛路邊的機車上，「對你們來說，做不到的事太多了。就算這次阻止了客人，下次還是有可能會再來，人的煩惱和願望都是無窮無盡的，而且每個人都會有需要幫助的時候，那樣的話妳又可以阻擋到什麼時候呢？」

「還是有辦法啊。」

直純直視著雨芯的雙眼，內心想著「讓她變成石頭」的念頭。只要戴著梅杜莎髮箍然後這麼想，對方就會真的石化成冰冷的雕像。

但這種效果對雨芯沒有用。別說變成石頭了，雨芯根本不受影響地活蹦亂跳。

「噗噗，妳真可愛呢！」對梅杜莎的力量完全免疫的雨芯嘟著嘴巴發出笑聲：「那是我親手製作的髮箍，我怎麼可能會被自己製造出來的商品給幹掉呢？」

「啊啊啊！」

直純發出怒吼，她的頭髮變成無數條棕蛇撲向雨芯，咬住她的手臂並把她重重摔向大樓牆壁。變成蛇的頭髮能夠發揮出連直純本人都驚訝的強大怪力，要把一個成年人像布偶那樣摔到牆上簡直輕而易舉。

路上傳來一陣驚叫聲，直純抓緊機會重新綁緊雨芯的身體，然後朝牆面再重摔一次。

「剛才那個國中生痛苦的樣子妳有看到嗎？妳體會過那種身體的痛苦嗎？」

綁住雨芯的棕蛇突然全部鬆開，回到直純身邊。梅杜莎髮箍變出來的蛇有怕火怕燙的弱點，雨芯當然知道，所以她一定是召喚出火焰反擊。

不過這時候就要用上自己剛拿到的新武器了。

直純迅速拿出點火器與一根蠟燭並點燃，然後對著剛好聚集到巷子外面的湊熱鬧人群喊道：

「把那個女生抓起來！」

聽到命令的路人們隨即進入催眠狀態，衝向倒在牆邊的雨芯身邊然後把她抓起來。

雨芯身上看起來沒受什麼傷，被兩名直純操控的路人抓住手臂時也神色自若，臉上還帶著輕鬆的微笑。

「對我來說的『痛苦』，跟你們人類所謂的『痛苦』不太一樣，所以那個小孩身上受的傷在我看來就只是一點輕傷而已……」

「妳到底是什麼東西？」直純的腦袋有點混亂：「妳是說妳是惡魔嗎？」

「你們人類喜歡這麼定義也可以。總之，我是比人類還要高等的存在，我還以為你們早就發現了呢，因為那些商品是人類製造不出來的東西呀！」

雨芯輕輕一甩，就把抓住她的兩個人輕鬆摔到路邊，好像那兩個人對她來說就像兩隻貴賓狗一樣弱小。

「全部衝過去把她抓住！」

直純用蠟燭的力量同時催眠在場的三十幾個人，他們一起撲向白雨芯，像逮捕恐怖分子那樣毫不留情。

「妳的目的真的就只是玩弄人類嗎？」直純繼續質問。

「我不是玩弄人類，不過是讓人類得到力量然後失控而已……這麼講也只是在玩文字遊戲，到頭來還是一樣的事實，所以我承認自己真的只是想要拿人類來娛樂罷了，嘻嘻。既不是想要拯救誰，也沒有要傷害特定的人類，只要提供人類演出用的道具，大家就會自己表演各種充滿樂趣的好戲，我就只是單純享受著人類暴走、做出連我自己都沒想到的事！我就是喜歡這麼單純的娛樂喲！」

就算被三十幾個人同時用盡全力抓住，雨芯依然輕鬆地掙脫束縛，臉上帶著輕快的笑容重新站起身。

「這樣子就玩完了嗎？難得拿到可以自由用言語操縱他人的力量，再多做一些更好玩的事情嘛！」

「……」直純忍不住咬牙，如果連三十幾個人都抓不住雨芯的話，她暫時想不到還有什麼可以制伏她的方法。

「像是讓那些人類犧牲自己來牽制我，或是做一些有趣的把戲，現在的妳有這種力量啊！不過用蠟燭的力量直接命令我是不可能的事，讓我先提醒妳吧！」

「……拜託你們全部站起來，然後用繩子之類的東西把她綁住！」

剛才被雨芯甩開的三十幾個路人搖搖晃晃地重新起身，接著抓住手邊的電線、耳機線、跳繩之類的東西重新撲向雨芯，同時成功地把她的雙手綁住。

直純不覺得單純的繩子能困住她，她的預測也成真了。

雨芯的表情依然保持著微笑，但她輕輕地撐開雙手，照理說人類徒手根本無法撕開的跳繩竟然就像紙帶那樣裂成好幾截，試著用跳繩綁住雨芯的男孩也被雨芯再次甩開，這次雨芯把抓住她的人像投球那樣輕鬆丟到牆上，讓男孩當場撞到暈死。

雖然雨芯有這麼強的力量，但她並沒有殺掉任何人的意思。

直純察覺到這點，而雨芯也從直純的反應明白這件事，於是先開口：

「我想要的話，隨時都可以幹掉人類，但那樣就一點也不好玩了！反正人類遲早都會死，那還不如留著玩弄過後再讓他們去死，直接殺掉實在太浪費啦！」

「我們不是妳的玩具！」直純大吼。

「不要用『玩具』這個詞來形容嘛。我只是提供道具，讓人類在舞台上表演的贊助者而已──只要人類沒有惹我生氣的話──既沒有強迫他們照著我的劇本走，也沒有跳上舞台把演員踢下舞台，這個譬喻本身就很不符合情境呢……」

直純沒有肯定，也沒有否定這句話。

她直接衝向雨芯，同時她把頭上的所有頭髮都變成蛇，然後命令全部的蛇直接咬住雨芯，最後再叫蛇放出足以讓人整整三天都無法動彈的痲痺毒素。

「呵呵呵……」

全身都被毒蛇綁住的少女店長，這時竟然還發出怡然自得的笑聲。

「就像你們人類會養寵物，陪著貓咪與狗狗一起玩耍一樣，妳現在做的事情，就在我眼中就像聰明的狗狗為了讓主人跌倒而在他的腳邊繞來繞去一樣，不只沒有傷害，還讓我覺得好可愛……呵呵呵……我很猶豫該不該好好稱讚妳呢，妳真的很可愛耶！」

如今的直純光是要控制蛇髮綁住雨芯，就已經花掉不少力氣；聽到這番挑釁的話語，差點讓直純的腦袋失去控制。

「不要再講了！」

「不要把自己想像成什麼很強大的存在，妳只是人類而已，就連妳現在使用的力量都是我製造出來的，說要打倒我只是痴人說夢，夢話還是等上床睡覺的時候再說吧！」

一道比推土機還強大的力量透過蛇髮傳來，雨芯輕鬆地把所有咬住自己的蛇全部推開，甚至還抓住其中幾隻蛇，並順勢把直純拉向自己，然後朝著直純的額頭輕輕彈下去。

這記彈額頭的力道重得像被鐵鎚敲了一下那樣，直純眼前一陣暈眩，整個人重重倒在地上。

「妳的行動已經表示這次的合作契約破裂了呢。真可惜，放棄了可以讓妳朋友恢復健康的機會，接下來妳一定會比把中頭獎的彩券丟掉還後悔吧！」

看到直純沒有反應，雨芯心情愉快地繼續說下去。

「不知道有沒有到一百年的時間，反正就是很——久很久以前，本來只是利用人類的我，開始覺得單純地看著人類做各種蠢事就是一件很有趣的事，反正製作各種有趣的道具本來就是我的興趣，成為商店的店長，招待各種以為自己得到眷顧的顧客們，這個過程也能讓感受到一種從未體會過的樂趣，就好像你們之中也有些人類明明有強大的力量，可是卻硬要裝成很弱小的樣子，透過這種事來得到暗爽的感覺是一樣的！」

對雨芯來說，這就是世界上最有趣的娛樂。

既不是像屠夫那樣為了得到糧食而宰殺，也不是像謀殺者那樣出於怨恨而殺害人類，就只是像孩子一樣把人類當成無法預測行動的玩具，並從中獲得樂趣。

對其他惡魔來說，人類是單純宰割的對象；但是對雨芯來說，人類是充滿各種意想不到可能的戲偶與玩具。

「做一些以前不曾做過的事，這樣子也別有一番樂趣呢！可以讓你們主動來找我，我也覺得是件好玩的事，畢竟這幾百年來根本沒有人類敢挑戰我嘛！不過今天我累了，下次再聊天吧！」

雨芯轉身要離開，但直純還是伸出手拉住她的腳踝。

「幹嘛，事到如今再阻擋我，我也不會聽妳的喔。」

「我也知道……妳不可能會聽我的……所以我……要阻止……」

「等到妳爬得起來再說吧。妳沒有強到足以打倒我，現在我也不需要在意妳。」

雨芯頭也不回地甩開直純的手，然後消失在街道人群之中。

她賣出的商品明明讓許多人死於非命，但不管是直純還是那些臨時被她控制的人都沒有被雨芯殺死，不知道理由是因為雨芯剛才說的殺掉太浪費，還是純粹沒有被她放在眼裡。

直純爬起來，坐在髒汙的馬路上喘氣。

剛才的戰鬥雖然輸了，但直純也不是完全沒有收穫。

「終於成功了。」

直純拿出手機，確認手機APP上的訊息。

「等那個人回到店裡，就會知道魔法商店真正的位置了。」

直純趁著自己成功抓住雨芯的腳踝時，偷偷把一枚GPS追蹤器黏到她的長褲上。

這也不是什麼大不了的計謀，偷偷在對方身上裝追蹤器然後追蹤訊號這種事在連續劇和電影裡也很常見，只要花幾千塊就能在拍賣網站上買到。

雨芯很可能不一會兒就會注意到自己做的事，然後把GPS追蹤器毀掉。

螢幕上標註位置的紅點正在快速移動，就好像她會瞬間移動，每隔幾秒鐘，紅點的位置機會跳到好幾條街之外，只差一點直純就要找不到她的位置。

很幸運地，直純最後還是找到雨芯最終停留的地方。

從地圖上的位置來看，德吉洛魔法商店位在接近城市郊區的地方。那個地方不會很難抵達，只是商店的位置跟直純去過的地方完全沒有任何關係。

終於成功了……

直純忍不住露出微笑。

幸好白雨芯沒有對自己痛下殺手，自己才能緊握打倒敵人的希望。

雖然還不知道這個地方是否真的就是魔法商店真正的位置，但只要確定的話，打倒魔法商店的計畫就會方便許多。

再來的問題就是該不該告訴桑映恆這件事。

打從一開始，直純就只是為了要聯手擊垮魔法商店才會跟他一起行動；如果這一切都能夠結束，白雨芯不存在的話，那她以後也沒有繼續跟映恆聯絡的必要。

只要事情結束以後跟他切斷關係就好了。

直純看著手機螢幕上的好友名單中的名字，卻遲遲沒有把訊息傳送出去。

剛才明明才決定要堅持自己的信念，結果現在卻還是想著要依靠他的力量。

這樣子真的好嗎？

這種感覺讓人很猶豫。

再一次確認APP的畫面，紅點依然停留在同一個地方，那裡絕對就是魔法商店真正的位置。

直純最後還是決定收起手機，暫時不告訴映恆這件事。

她要試著用自己的方法擊潰魔法商店。

跟德吉洛魔法商店的最終決戰時刻，終於到來了。

醸冒險72　PG2934

德吉洛魔法商店：
審判人性的悲喜劇

作　　者	山梗菜
責任編輯	劉芮瑜
圖文排版	陳彥妏
封面設計	吳咏潔

出版策劃	釀出版
製作發行	秀威資訊科技股份有限公司 114 台北市內湖區瑞光路76巷65號1樓 電話：+886-2-2796-3638　傳真：+886-2-2796-1377 服務信箱：service@showwe.com.tw http://www.showwe.com.tw
郵政劃撥	19563868　戶名：秀威資訊科技股份有限公司
展售門市	國家書店【松江門市】 104 台北市中山區松江路209號1樓 電話：+886-2-2518-0207　傳真：+886-2-2518-0778
網路訂購	秀威網路書店：https://store.showwe.tw 國家網路書店：https://www.govbooks.com.tw
法律顧問	毛國樑　律師
總 經 銷	聯合發行股份有限公司 231新北市新店區寶橋路235巷6弄6號4F 電話：+886-2-2917-8022　傳真：+886-2-2915-6275

出版日期	2023年6月　BOD一版
定　　價	290元

讀者回函卡

Printed in Taiwan

國家圖書館出版品預行編目

德吉洛魔法商店：審判人性的悲喜劇 / 山梗菜著.
-- 一版. -- 臺北市：釀出版, 2023.06
面； 公分. -- (釀冒險 ; 72)
BOD版
ISBN 978-986-445-820-2(平裝)

863.57 112008111